짧고 쉬운 글의 힘

짧고 쉬운 글의 힘

손소영 지음

| 머리말 |

누구나 할 수 있지만 아무나 할 수 없는 것

저는 방송작가이고, 대학에서는 물리학을 전공했습니다. 언뜻 보면 전혀 연관이 없어 보이지만 사람의 마음을 움직이는 데에도, 사물의 이치를 밝혀내는 데에도, 쉽고 간단하게 단순화하는 게 모든 것의 근본이자 원칙이라는 걸 깨닫게 됐습니다. 글도 마찬가지입니다.

저는 강의 첫 시간에 제가 물리 전공자라는 걸 밝히는 편입니다. 글과는 거의 정반대편에 있는 것 같은 물리를 전공한 저도 글을 쓰고 있으니 자신감을 가지고 시작하시라는 이야기를 전하고 싶어서입니다. 그런데 사실 방송이든 글이든 물리라는 학문과 많이 닮아 있다는 생각을 합니다. 이해하기 힘들고 복잡하게만 보이는 것들도 더 잘게 쪼개 나가고 단순화하다 보면 진리에 다다를 수 있듯이 우리의 근본을 울리는 글도 그런 글인 것 같습니다.

작가는 단어를 쓰는 사람이라는 말이 있습니다. 글의 가장 기본적인 단위인 단어를 잘 골라 쓸 줄 알아야 그 단어들이 모여서 이루는 문장도, 문장들이 쌓여서 만들어내는 이야기도 잘 써낼 수 있기 때문입니다. 물리학에서 원소처럼 말이죠.

어렵고 길게, 거창하게 쓴 글보다 쉽고 간단한 글에 오히려 힘이 있습니다. 짧지만 강한 임팩트를 남깁니다. 읽기 쉬운 글이 쓰기도 쉽고, 쓰기 쉬운 글이 읽기도 편합니다. 복잡한 건 머릿속에 남지 않고, 읽기 힘든 글은 마음에 와 닿지 않습니다. 글쓰기의 기본은 결국 같습니다. 짧고 쉬운 글이 좋은 글입니다.

최근 과학기술의 빠른 발전으로 많은 것이 인간을 대신하고 있는데, 아이러니하게도 글을 쓸 일은 오히려 점점 늘어나고 있는 듯합니다. 거의 모든 분야에서 글의 중요성이 커져가고 있습니다. 글이나 스토리텔링으로 사람들의 마음에 파장을 일으키기 위함일 겁니다.

짧지만 강한 임팩트를 남기는 글이 많은 사람의 마음을 울리고 움직이고 있습니다. 게다가 우리 삶에서 점점 더 많은 소통이 말보다 글로 이뤄지면서 글쓰기에 대한 요구와 욕구는 높아지는 반면, 글을 쓴다는 것 자체에 막막함을 넘어선

공포를 느끼는 분도 많은 것 같습니다.

그래서 글쓰기의 두려움과 괴로움을 가진 분들도 글에 대한 부담을 내려놓고 편안하고 쉽게 시작할 수 있었으면 하는 마음으로 '짧은 글의 힘'이라는 강의를 개설했습니다. 기본기부터 차근차근 연습하면서 조금씩 글쓰기의 재미와 희열에 눈뜨게 됐으면 좋겠다는 마음이 컸습니다. 이 책을 쓰면서도 같은 마음입니다.

방송작가들끼리 '방송작가는 누구나 할 수 있지만 아무나 할 수는 없다'는 말을 하곤 합니다. 뛰어난 천재성을 타고나지 않았어도, 필요한 스킬과 규칙을 꾸준히 익히고 노력하다 보면 노련한 작가가 될 수 있다는 의미입니다. 글에 있어서도 적용되는 이야기인 것 같습니다.

제가 글쓰기 강의를 하면서, 많은 학생의 첨삭지도를 하면서 확실하게 느낀 점은 글처럼 노력한 만큼 결실을 맺는 것도 없다는 겁니다. 꾸준히 열심히 계속 쓰다 보면 분명히 좋아지고 달라집니다. 글쓰기는 글쓰기를 통해서 배울 수 있다는 말이 있습니다. 계속 연습해서 익숙해지고 능수능란해지면 편하고 쉽게 글을 쓰게 되고, 당연히 글 쓰는 일이 재밌고 즐거워질 수밖에 없겠죠.

내가 재밌어서, 내가 즐거워서 쓰는 글. 그리고 쓰면서 내가 행복해지고, 내가 치유 받는 글. 그렇게 쓰는 사람이 즐기면서 쓴 글, 감정에 솔직한 글, 진심이 담긴 글이 큰 공감과 힘을 얻고 다른 사람들과 연결되는 경험으로 이어져 새로운 변화와 새로운 세상을 만나게 합니다.

이 책을 통해서 '누구나 할 수 있지만 아무나 할 수는 없는' 원칙과 테크닉을 전해드릴 수 있었으면 합니다. 그 결과로 이 책을 읽는 분들 모두가 글쓰기를 스트레스가 아닌 즐거움으로 느끼게 되길 바랍니다. 그 과정에서 글쓰기의 기쁨과 글로 인한 치유의 경험도 함께 나눌 수 있으면 좋겠습니다.

글쓰기에 두려움이 생기고, 글쓰기를 시작하기 힘든 이유가 처음부터 한 번에 완벽한 글을 쓰려는 생각 때문이 아닐까 싶습니다. 아무리 뛰어난 작가도 처음부터 한 번에 완벽한 글을 써내는 일은 드뭅니다. 타고난 재능이 없더라도 쉽게 재미있게 쓸 수 있는 비법은 바로 이 중압감과 긴장을 내려놓는 것입니다.

처음부터 잘해야 한다는 부담감이 오히려 역효과를 내는 경우가 많습니다. 처음에는 그저 마음 가는 대로, 생각나는 대로, 가볍게 끄적거리는 것부터 시작해보세요. 마음속에 있는 단어들이 흘러나오게 그대로 내버려두는 게 첫 단계입니다. 나중에 제대로 다시 고쳐 나가면서 업그레이드하면 되니까

요. 그 요령과 테크닉은 저와 함께 하나씩 연습해가면 됩니다.

여기에 실린 글은 『한겨레』 신문에 연재했던 글을 바탕으로, 강의를 하면서 느꼈던 것들과 저 스스로 글을 쓰면서 도움이 됐던 요령들을 추가해서 담아냈습니다. 처음에 신문 연재 제의를 받았을 때도 그렇고, 책 출간 제안을 받았을 때도 그렇고, 글로 글쓰기를 설명한다는 부담이 참 컸습니다. 어떻게 쓰는 게 좋은지 글을 통해서 직접 보여줘야 하니까요.

짧고 쉬운 글을 좋아하고 그런 글에 익숙한 저도 쓰다 보면 어렵고 복잡한 긴 글이 될 때가 있습니다. 이 책을 읽으면서도 짧고 쉽게 쓰라는 이야기를 길고 장황하게 설명하는 모순을 종종 발견하실 것입니다. 그런 부분을 만날 때마다 오히려 여러분의 글쓰기에 자신감과 위안을 얻는 계기로 활용하셨으면 합니다. 짧은 글 쓰기를 강조하는 사람도 이렇게 쓰는구나, 하고 말이죠.

제 강의에는 직업과 연령대는 물론이고, 한 번도 제대로 글을 써본 적이 없는 분부터 거의 모든 글쓰기 관련 책과 강의를 섭렵하신 분까지 정말 다양한 분이 참여합니다. 글쓰기의 기본 원칙은 같기 때문에 글은 쓰고 싶지만 엄두가 안 나는 분이든, 글쓰기에 숙련된 분이든 상관없이 더 나은 결과물을 얻기 위해 본인의 글에 실질적으로 적용시킬 수 있었으면 하는 마음입니다.

모든 콘텐츠의 근간은 글이라고 생각합니다. 짧지만 강렬하고 울림이 있는 글이 바탕이 된다면 그 어떤 분야에도 자신 있게 도전해볼 수 있지 않을까요? 이 책이 여러분의 새로운 시작과 힘찬 도전에 기폭제가 되었으면 합니다.

제가 좋아하는 말 중에, '글로 삶의 좋은 순간들을 붙잡아 둔다'라는 말이 있습니다. 나이가 들어갈수록 기억할 수 있는 추억은 아주 적고, 두 번 다시 그때로 돌아갈 수 없으니 기록을 해야겠다는 생각을 자주 하게 됩니다. 우리 함께 지금부터 남아 있는 날들, 그리고 지나온 날들의 좋은 순간들을 글로 붙잡아두는 연습을 시작해보는 건 어떨까요?

2024년 10월

손소영

차
례

당신이 할 수 있거나 할 수 있다고 꿈꾸는 그 모든 일을 시작하라.

새로운 일을 시작하는 용기 속에 당신의 천재성과 능력,

그리고 기적이 모두 숨어 있다.

요한 볼프강 폰 괴테

[1]

글의 힘

무의식에는 의식의 빛이 필요하고

의식에는 무의식의 에너지가 필요한데

글쓰기로 이 두 가지의 교환이 가능하다.

• 마리온 존 맨

글쓰기 강의를 하면서 얘기를 나누다 보면 남녀노소 불문하고 정말 많은 분이 글을 쓰고 싶어 하고, 나아가서는 책이라는 결과물을 내고 싶어 한다는 걸 느끼게 됩니다. 글을 잘 쓰고 싶은 욕구는 누구나 가지고 있는 것 같습니다. 우리는 왜 그렇게 글쓰기를 원할까요?

벌써 기억의 저편으로 흐릿해져 가지만, 코로나 시기를 거치면서 우리는 살아가는 데 있어서 관계에 대한 욕구가 얼마나 중요한지 알게 됐습니다. 누군가와 연결돼 있다는 느낌이 우리에게 힘이 되고, 우리의 의욕을 샘솟게 해준다는 걸요. 글을 쓰는 이유도 누군가와 소통하고 누군가와 연결되기 위해서가 아닐까 싶습니다.

우리 모두는 혼자만의 시간을 원하면서도 누군가와 연결되어 있기를 바랍니다. 그 누구의 간섭과 영향도 받지 않으며 독립적으로 살아가고자 하면서도 고립되는 것에 대한 두려움으로 소속감을 얻고 싶어 하는 존재인 듯합니다.

글을 쓰다 보면 누군가와 대화하는 듯한 느낌이 들 때가 있습니다. 시간 가는 줄 모르고 빠져드는 몰입감에서 오는 쾌감을 맛보기도 합니다. 그러면서 고립감에서 빠져나오기도 하고요. 그런 면에서 일기도 결국은 나 자신과 대화하기 위한 수단이라고 할 수 있을 겁니다.

사람에게는 자기 이야기를 하고 싶은 욕구가 있고, 우리 모두는 말할 수 있는 누군가를 필요로 하는 것 같습니다. 특히 힘들거나 스트레스를 받을 때 이야기를 하면서 풀고 싶고, 위로를 받고 싶고, 인정을 받고 싶은 게 자연스러운 반응이 아닐까 싶습니다.

그런데 기대했던 것과는 다르게 오히려 역효과로 돌아올 때도 있죠. 이럴 때는 다른 사람에게서 받는 잠깐의 위로보다 글쓰기를 통해 만나는 치유가 더 안전하고 효과적인 방법일 수 있습니다. 그래서 누군가에게 이야기하고 싶은 욕구가 글쓰기로 이어지는 듯합니다. 실제로 몸과 마음에 상처를 입거나 상실을 경험한 사람들이 글쓰기를 통해 회복했다는 고백을 종종 접하게 되는데, 고통이 완전히 사라지지 않더라도 그 괴로움을 대하는 자세가 달라지면서 변화가 생기는 것 같습니다.

글을 쓰면서 적극적으로 자기를 표현하다 보면 감정을 억제하고 억압하면서 생기는 스트레스로 인한 육체적, 정신적 고통의 악순환에서 벗어날 수 있습니다. 원치 않는 사념들이 반복적으로 꼬리에 꼬리를 물고 떠오르는 생각의 감옥에서도 빠져나오게 해줍니다. 그곳에 갇히면 내면의 것들을 억압하는 데 모든 에너지를 쏟아 붓게 됩니다. 코끼리는 생각하지 말라고 하면 오히려 코끼리에 더 집중하고 집착하게 만들어서 새로운 생각을 차단하게 되는 것처럼 말이죠.

대신 그런 모든 감정을 글로 풀어내면 스트레스와 긴장, 불안감을 해소하는 데 도움이 됩니다. 어떤 때는 너무 화가 나서, 혹은 감정이 복받쳐서 막 써내려가기도 하지만, 막상 그렇게 한바탕 발산해버리고 나면 속이 후련해지면서 마음도 조금은 풀리고 생각도 좀 정리됩니다. 꽉 막혀 있던 응어리들이 풀리고 원활하게 돌아가는 느낌이 들고 온 몸이 개운해지기도 합니다.

감정에 휩싸인 상태로 말을 내뱉다 보면 나한테 직접 들리지 않기 때문에 그 말이나 내 진짜 마음에 신경 쓰지 못합니다. 하지만 글로 쓰면 자기가 쓰는 것에 주목하게 됩니다. 그러면서 감정적이고 즉각적으로 느껴졌던 것들을 한 발 떨어져서 객관적으로 바라보고, 전에는 몰랐던 자신의 상태와 마음을 깨닫게 되죠. 글을 쓰면 사건의 당사자이면서 동시에 관찰자가 될 수 있습니다. 그렇게 자기를 발견하고 나의 변화와 성장을 돕는 게 글쓰기의 힘이 아닐까 싶습니다.

저도 글쓰기 강의를 하고 모임을 진행하면서 많은 분이 실제로 변화하는 걸 목격합니다. 양극성장애(조울증)나 주의력결핍 과잉행동장애ADHD를 겪다가 글쓰기를 통해 자신의 그런 부분을 받아들이고 인정하면서 자신에 대한 긍정적인 마음과 애정이 생기고, 거기에서 벗어나 앞으로 나아가게 된 분들이 있습니다. 또 글을 쓰면서 어렸을 적 나 자신과 만나고 내가 진짜 원하는 게 무엇인지를 깨달으면서 목적과 활력을 되찾은 분들도 있습니다. 몇 분의 글을 일부 소개합니다.

머릿속 여러 생각들을 보따리 풀 듯 풀어 나가다 갑자기 나의 무의식의 밑바닥에 처박아두었던 한 문장이 머리를 스치고 지나갔다. '나 글 쓰는 거 좋아했지.' 그러고 보니 어린 시절 내성적이었던 나는 친구들과 놀기보다는 주로 집에서 책을 읽거나 글을 쓰며 시간을 보내는 걸 좋아했었다. 수시로 떠오르는 단어, 문장들, 책에서 보았던 좋은 표현들을 공책에 적어두곤 했다. 그 덕분인지 당시 꽤 큰 어린이 출판사에서 주최하는 글쓰기 대회에 나가서 상을 받았던 기억도 떠올랐다.

수업 첫 시간 선생님께서 왜 이 수업을 듣는지 물어보셨다. 나는 글쓰기를 통해 내 생각들을 잘 정리해서 다른 사람들에게 전달하고 설득하고 싶어서라고 대답했다. 그런데 지금 이 글을 쓰면서 생각이 바뀌었다. 그리고 새로운 꿈이 생겼다. 어린 시절 나는 글을 쓸 때 누군가를 의식하고 설득하기 위해서 쓰지 않았다. 그냥 글이 떠오르는 대로 마냥 좋아서 썼던 그때처럼 글을 쓰고 싶다.

나는 늘 생각이 많았다. 그래서 글로 풀어쓰는 일을 항상 좋아했다. 성격이 내향적이라 내 스스로의 감정을 돌아보는 일에 재미를 느꼈다. 글을 쓰다 보면 내 감정을 풀어서 눈으로 볼 수 있었다. 글을 쓰는 순간 빠져드는 느낌도 좋았고, 글을 쓰는 동안 어떻게 쓰는 게 더 재밌고 잘 읽힐까에 집중하다 보면 글을 잘 쓰고 못 쓰고 상관없이 하나의 문제를 풀어가는 듯한 희열을 느꼈다.

이 단어를 어떤 다른 단어로 바꿀까? 어순을 어떻게 바꾸지? 등을 고민하면서 내가 가장 보기 좋은 글로 만들어가는 재미가 있었다. 글을 쓰면서 내가 하고 싶은 말을 어떤 단어를 쓰느냐, 어떤 문장으로 표현하느냐에 따라 느낌이 달라지는 게 나에게는 큰 흥미로 다가왔다.

조울증을 가지게 된 지 10년이 넘어가고 있다. 긴 시간 동안 패배감에 젖어 있었다. 감정 기복은 나의 자아까지 크게 흔들었다. 진짜 내가 누구인지 헷갈리기도 했고, 의욕 없이 지내는 날이 대부분이었다. 하지만 글쓰기를 통해 조울증을 정면으로 마주 보기를 시도하면서 못 미덥고 부족한 나를 온전하게 바라볼 수 있는 시야가 생겼다. 이것조차도 나의 일부라고 인정할 수 있게 됐다. 완벽하지 않아도 괜찮다. 그게 내가 나에게 내린 결론이다.

지난 10년이 조울증의 시간이었다면 이제는 오로지 나의 시간이 되어가고 있다고 생각한다. 쉽지 않았던 지난날들에 대해 더 이상 아쉬움이 없어질 때까지 쓰려고 한다. 단 한 번도 이루

어냈다는 느낌을 받아본 적이 없는 삶을 살아온 내가 이번 기회를 통해 그런 의미를 얻어 내고 싶다.

회사 생활을 하다 보면 이해하기 힘든 상황이나 사람들을 마주할 때가 종종 있다. '이게 말이 돼?' 황당하고 어이가 없어서 화가 날 때가 많았다. 그런데 요즘은 '그럴 수도 있지'라는 무한 긍정이 샘솟는다. 글 쓰는 것을 시작하면서 생긴 사고방식이다.

개인적인 실수에서도 마찬가지이다. 이불킥을 할 정도로 민망한 사건도 나중에 글의 좋은 소재로 쓰일 거라고 생각하니 마음이 편해졌다. 글쓰기 하나만으로 세상과 나 자신을 바라보는 태도가 긍정적으로 바뀌고 있다. 얼마나 좋은 효과인가. 정신적, 금전적, 육체적으로 백익무해한 글쓰기의 매력을 나만 알고 싶다. 왜냐면 좋은 건 나만 하고 싶으니까.

글쓰기가 진정한 나를 발견하는 지름길이라는 생각이 듭니다. 여러분도 이런 글쓰기의 효과를 직접 느껴보셨으면 좋겠습니다.

제가 글쓰기 수업을 진행하면서 느끼는 가장 큰 장점은 서로 좋은 자극과 긍정적인 에너지를 주고받는다는 겁니다. 말은 일부러 나쁜 말을 내뱉을 때도 있지만 글은 읽을 때도 그렇고 쓸 때도 그렇고 좋은 마음과 좋은 생각을 갖게 하니까요. 가만히 떠올려보면 살아가면서, 나이가 들어가면서 누군가에게 칭찬이나 좋은 말을 듣거나 해줄 기회가 점점 줄어드는 것 같습니다. 특히나 우리는 스스로에게 많이 인색합니다. 다른 사람에게 인정받는 것보다 더 나의 자존감을 높이는 건 스스로 자신을 인정해주는 게 아닐까 싶습니다.

글쓰기는 뒤죽박죽 혼란스럽고 복잡한 마음과 생각의 혼돈을 정리하는 데에도 도움을 줍니다. 분명하지 않고 애매모호했던 생각을 가다듬고 체계적으로 정리하게 해줍니다. 그런 상태에서 더 다양한 관점으로 바라볼 수 있게 되고, 문제해결에 대한 새로운 방법이 보이기도 할 겁니다. 글쓰기는 기억력을 향상시키는 데에도 도움이 되기 때문에 무언가를 학습하기에도 좋은 방법입니다.

아마 글쓰기의 유익함이나 효과에 대해서는 많이들 듣고 읽으셨을 것 같습니다. 막상 그 경험이 내 것이 되려면 직접 써보는 수밖에 없습니다. 글을 쓰면서, 또 내가 쓴 글을 읽으면서 나를 알아가고 이해하는 과정을 통해 스스로 위로받고 치유하는 경험과 새롭게 만나셨으면 좋겠습니다. 기대감만큼 우리에게 의욕과 용기를 주는 건 없는 것 같습니다. 글의 힘을 믿습니다.

[2]

왜 짧은 글인가?

분명하게 글을 쓰는 사람에게는 독자가 모이지만

모호하게 글을 쓰는 사람에게는 비평가만 몰려들 뿐이다.

● 알베르 카뮈

짧고 쉬운 글이 주목받는 시대가 됐습니다. 꼭 거창한 글이 아니더라도 짧은 글로 내 생각을 정확히 전달하는 게 중요해졌습니다. 상대방과의 원활한 커뮤니케이션(소통)에도 짧은 글이 효과적이고, 나 자신을 알릴 때도 유리합니다. 소셜 네트워크 서비스SNS가 대표적이죠. 제 강의에도 그런 공간들을 통해 짧은 글의 힘을 체험하고 필요성을 강하게 느껴서 오시는 분이 많습니다.

왜 짧은 글일까요? 일단 읽는 사람에게 편하게 다가갈 수 있습니다. 기억하기도 쉽고요. 가끔은 궁금하게 만들고 여운을 남깁니다. 짧기 때문에 임팩트가 있고, 더 오래 각인됩니다. 글을 쓰는 입장에서는 부담 없이 시작해볼 수 있습니다. 주술 호응을 바로 확인할 수 있다는 점도 큰 장점일 겁니다.

최근 모든 것이 점점 빨라지면서 무언가에 집중하는 시간도 짧아지고 있습니다. 집중력에 대한 책들이 쏟아져 나올 정도로 말이죠. 우리는 짧은 시간 안에 복잡하고 다양한 일들을 동시에 처리하는 멀티플레이어가 되어야 합니다. 정해진 시간과 제한된 집중력을 가지고 끊임없이 쳐내야 하는 업무들이 쌓여가니까 마음만 급해져서 정작 중요한 건 놓치게 될 때도 많습니다. 그래서인지 거의 대부분의 분야에서 '짧고 쉽게'가 키워드가 되어가고 있습니다.

이런 상황에서 구구절절 늘어지게 쓰는 장황한 글을 찬찬히 읽을 시간적 여유도, 마음의 여유도 없어졌습니다. 하나의 콘텐츠를 읽는 데 평균 26초가 걸린다는 연구 결과를 봤습니다. 사람들이 26초 정도만 할애해서 눈에 띄는 부분만 선택적으로 읽는다는 것이죠. 내가 얼마나 심혈을 기울이고 시간을 들여서 쓴 글인지와는 상관없이 수많은 단어와 어휘가 읽히지 않고 버려진다는 얘기입니다.

하루가 다르게 몰려오는 정보 속에서 사람들의 시선을 사로잡으려면 짧지만 쉽고 강렬한 무엇인가가 있어야 합니다. 최대한 적은 단어로 더 넓고 더 멀리 더 많은 걸 전달해야 하는 상황입니다. 이제는 글에서도 경제적인 효과를 따지는 시대가 됐는지도 모릅니다. 그러려면 수많은 선택지 중에서 중요한 것이 무엇인지를 제대로 강조하여 전달할 수 있어야 합니다.

그런 면에서 짧은 글은 쓰는 사람도 읽는 사람에게도 만족스러운 글이 될 것입니다. 짧은 글은 우리가 전하고자 하는 메시지를 더 선명하고 날카롭게 만들어줍니다. 어렵고 길게 쓴 글보다 쉽고 간결한 글에 힘이 있습니다.

"판매용: 신은 적 없는 아기 신발For sale: baby shoes, never worn."

소설가 어니스트 헤밍웨이가 썼다고 알려진 여섯 단어 이야기입니다. 여섯 단어만으로 많은 사람의 상상력을 자극했습니다. 이런 것이 바로 짧은 글의 힘이 아닐까 싶습니다.

제가 좋아하는 방송 프로그램 중에 EBS의 〈지식채널 e〉가 있습니다. 짧은 글의 힘을 느낄 수 있는 프로그램이기도 한데, 언젠가 이 헤밍웨이의 '여섯 단어 이야기Six Word Stories'에

영감을 받아 가족을 잃은 사람들을 대상으로 진행하는 글쓰기 모임 참여자의 인터뷰를 본 적이 있습니다.

> "많은 말로 페이지를 채우는 건 도움이 되지 않았다. 한 번에 몇 문장 이상을 읽을 수도 없었다. 나는 한 번에 여섯 칸씩 조금씩 살아남을 수 있었다."

참 마음에 와닿았습니다. 저도 마음이 힘들거나 가슴이 먹먹할 때 단어 몇 개를 끄적이는 것만으로 답답했던 마음이 한결 가벼워졌으니까요.

내 글을 읽는 사람들에게 어떻게 강렬하게 다가갈까만 생각하면서 짧은 글 쓰기를 택하는 분이 많습니다. 짧은 글은 이렇게 쓰는 사람 본인에게도 머리가 맑아지고 가벼워지는 걸 통해 더 쉽게 문제의 해결책을 찾아주기도 합니다.

짧은 글은 힘이 있습니다. 임팩트가 있죠. '격렬한 슬픔의 습격. 울다.' 세계적인 비평가로 불리는 롤랑 바르트가 어머니의 죽음을 애도하며 쓴 '애도일기' 중 한 구절입니다. 이런 강렬함도 짧은 글의 힘이 아닐까 싶습니다.

일단 시작하라

요즘 '가능성에 중독되어 있는' 사람이 많다는 얘기를 들었습니다. 실제로는 아무것도 적극적으로 하지 않으면서, 하면 잘할 수 있을 거라는 생각만 하고 끝나는 사람들을 말합니다. 글쓰기에서도 비슷한 분들이 있는 것 같습니다. 글쓰기에 관한 책이나 정보는 이것저것 찾아보고 강의도 들으러 다니는데 막상 글을 쓰는 건 미뤄두는 거죠.

수강생 중에도 강의만 듣고 본인의 글은 한 번도 제출하지 않은 채 마무리하는 분이 있습니다. 강의를 듣거나 책을 읽을 때는 다 아는 것 같고 잘 쓸 수 있을 것 같지만 직접 써보지 않으면 내 것이 되지 않습니다. 내가 쓴 글을 내 손으로 꼼꼼하게 고쳐보지 않으면 실력이 늘지 않습니다. '게으른 완벽주의자'라는 표현 역시 비슷한 느낌으로 다가왔습니다. 완벽하게 해낼 자신이 없으면 아예 시작조차 하지 않는 사람들을 일컫는 말이죠. 고민만 하다 보면 아무것도 이뤄지지 않습니다.

짧은 글이기 때문에 부담 없이 쉽게 시작 버튼을 눌러서 도전해볼 수 있지 않을까 싶습니다. 일단 시작해서 짧은 글을 맛깔나고 센스 있게 쓰는 것에 익숙해지면 긴 글도 자신 있게 써 내려갈 수 있게 됩니다. 그렇게 자신감과 성취감을 느끼면 글쓰기에 대한 두려움이 사라지고 글쓰기를 즐길 수 있습니다. 말과 글은 연결돼 있기 때문에 깔끔하게 정돈된 글쓰기에 익숙해지면 말도 조리 있게 하게 됩니다. 그렇게 사람들과의 소통이 원활해지면 자신감과 자존감이 높아지면서 긍정적인 선순환이 일어납니다.

긴 글을 쓰기에는 시간도 기력도 없을 때 에너지와 여유가 없더라도, 아니 오히려 그렇기에 단어 몇 개로, 아주 짧은 문장으로 내 감정을 표현하고 내 생각을 전달할 수 있는 그런 글쓰기를 해보려고 합니다. 억지로 페이지를 채우고 분량을 늘리기 위해 중언부언하는 글쓰기와는 이별해야 할 때입니다. 짧은 글의 힘을 믿어보세요. 빼곡하게 가득 찬 글 몇백 장보다 단어 하나가 더 큰 힘을 발휘할 수 있습니다. 시작해볼 마음의 준비가 되셨다면, 우선 어깨에서 힘을 쫙 빼고 편안한 마음을 갖는 게 출발점입니다.

[3]

짧은 글이란?

적절한 장소에 찍힌 마침표만큼

심장을 강하게 꿰뚫는 무기는 없다.

• 이사크 바벨

많은 분이 '짧은 글' 하면 먼저 SNS를 떠올리는 것 같습니다. 수강생 중의 한 분은 석 줄 이내의 글이라고 답하더군요. 이렇게 대부분 글 전체의 길이가 짧은 걸 생각하시는 듯합니다. 그런데 짧은 글이란 한자어로 하면 단문, 즉 한 문장의 길이가 짧은 글을 의미합니다.

여기에서 문장의 개념도 한번 짚고 넘어가볼까요? 문장이란 주어에서부터 마침표까지를 말합니다. 주어에서부터 술어까지가 아니라, 마침표까지라는 게 중요합니다. 술어가 적혀 있더라도 쉼표가 찍혀 있으면 문장이 끝난 게 아니고, 꼭 마침표로 마무리되어 있어야 한 문장이 끝난 겁니다. 그러니까 문장들이 쉼표 여러 개로 연결되어 있는 건 단문이 아니라 장문입니다.

예를 들어 "나는 짧은 글을 좋아하고, 짧은 글에 힘이 있어서, 짧은 글을 쓴다"라는 문장을 생각해볼까요? 쉼표가 있는 부분을 하나씩 문장으로 끊어서 세 문장으로 나누면 짧은 글로 재구성할 수 있겠죠. "나는 짧은 글을 좋아한다. 짧은 글에는 힘이 있다. 짧은 글을 쓰는 이유다." 이렇게 말입니다. 짧은 글이란 '주어에서부터 마침표까지의 길이가 짧은' 문장이라는 걸 기억하시면 됩니다.

긴 문장 하나보다 짧은 문장 여러 개가 더 잘 읽힙니다. 짧은 문장이 긴 문장보다 읽기 쉬운 이유는 문장이 길수록 그 안에 담긴 생각이 너무 많기 때문입니다. 얼마 전에 접한 시선 추적 연구에 따르면, 읽는 사람의 시선이 문장 끝의 마침표에 도달하면 잠시 멈춘다고 합니다. 그러면서 지금까지 읽은 내용을 정리하고 그 의미를 이해한 후에 다음으로 넘어가는 거죠.

그러니까 내가 쓴 글이 다른 사람들에게 더 빠르고 쉽게

전해지려면 한 문장의 길이를 가능한 짧게 줄이는 것이 필요합니다. 문장이 길어지는 가장 큰 이유는 한 문장 안에 너무 많은 것을 넣고 싶은 마음 때문입니다. 하나씩만 담으세요. 한 문장 안에는 주어 하나, 술어 하나, 이게 기본입니다.

짧은 글을 잘 쓰기 위해서는 계속 줄이고 쳐내고 다듬는 연습이 필요합니다. 이렇게 문장의 길이가 짧아지면 주어와 술어의 거리가 가까워지니까 주술 호응이 잘될 수밖에 없습니다. 주술 호응이 문장의 기본이기 때문에 이것만 잘돼도 문장이 바로 서게 됩니다.

덧붙이자면 문장은 기본적으로 주어로 시작해야 합니다. 내 글을 다른 사람들이 잘 이해하지 못한다면 대부분은 주어가 생략돼 있어서일 경우가 많아요. 주어를 생략할 때는 딱 한 가지밖에 없죠. 앞의 문장과 주어가 동일할 때입니다.

수강생 중에서 주로 업무 소통을 메일로 하면서 커뮤니케이션이 잘 안 된다는 불만을 자주 듣는 분이 있었는데, 주어와 조사 사용에 문제가 있어서였습니다. 조사 중에서도 특히 '은 · 는/이 · 가'를 제대로 사용하면 문장을 단단히 세우는 데 도움이 됩니다. '은 · 는'을 쓰는지, '이 · 가'를 쓰는지에 따라서 미묘하게 어감이나 강조하는 부분이 달라진다는 것도 염두에 두고 적절하게 사용하면 글맛이 무척 달라집니다.

예문 우리는 매일 아침 눈을 뜨고 무엇을 먹을지 입을 옷은 무엇으로 정할지 누구와 무엇을 할지 의식적으로든 무의식적으로든 무언가를 선택하며 살아간다.

위 문장은 한 문장의 길이도 길지만 표현도 잘 정리되어 있지 않습니다. 문장을 짧게 나누고 정리하면서 다듬어볼까요?

☞ 우리는 매일 아침 눈을 뜨는 순간부터 의식적이든 무의식적이든 항상 뭔가를 선택하며 살아간다. 무엇을 먹을지, 어떤 옷을 입을지, 누구와 무엇을 할지 등 말이다.

이렇게 문장을 나누고 짧게 줄이면 읽으면서 바로바로 이해하며 따라갈 수 있습니다. 한 문장의 길이가 짧으면 쓰기도 편하고 읽기도 편한 글이 된다는 것도 장점 중 하나입니다.

문장의 길이가 짧아지려면, 주어와 술어 사이의 거리가 가까워지려면 어떻게 해야 할까요? 반대로 생각해보면 문장의 길이가 길어지고 주어와 술어의 거리가 멀어지는 이유는 주어를 수식하는 형용사와, 술어를 수식하는 부사가 너무 많이 들어가서입니다. 그래서 형용사나 부사 같은 수식어를 최대

한 줄이는 것이 짧은 글을 쓸 때 제일 먼저 신경 써야 할 부분입니다.

수식어를 많이 사용하면 풍부한 어휘력을 자랑하는 것 같지만, 사실 딱 맞는 단어나 표현이 떠오르지 않아서 이것저것 나열해놨거나, 확실하고 분명한 단어를 찾아내지 못해서 비슷비슷한 것을 여러 개 늘어놓는 경우가 많습니다. 보다 잘 쓰고 싶고 더 잘 설명하고 싶어서 단어와 수식어를 많이 사용하는데, 오히려 역효과를 내게 되는 거죠.

최근에 변호사가 주인공으로 등장하는 일본 드라마를 봤는데, 그 변호사의 대사 중에 인상적인 말이 있었습니다. "검사 측의 증거가 많으면 많을수록 우리에겐 유리하다. 확실하고 결정적인 증거가 없다는 얘기니까. 그러니까 우리는 그 결정적인 하나의 증거만 찾아내면 된다." 나열한 수식어 중에서 선택할 때 결정적인 하나를 찾아낸다는 생각으로 계속 줄여가는 게 방법입니다.

참고로 나열할 때의 기본 원칙은 처음 두 단어 사이에는 조사 '와 혹은 과', 그 다음에 쉼표, 마지막에 '그리고'로 연결해주는 겁니다. A와(과) B, 그리고 C. 이런 형태로요. 그러니까 최대 세 개까지가 좋겠죠. 하나 더, 나열한 단어들 앞에 붙는 수식어는 동일한 형식과 형태, 길이로 맞춰주는 게 좋습니다. 그래야 어떤 형용사가 어떤 명사를 어디까지 수식하는지가 명확해져서 읽는 이에게 혼동을 주지 않습니다.

예를 들어, '다채로운 디자인과 발상'이라고 쓰면 '다채로운'이 디자인만 꾸미는 건지, 발상까지 수식하는 건지 확실하지 않습니다. 이럴 때는 '다채로운 디자인과 혁신적인 발상'이라고, 나열한 단어 A(디자인)와 B(발상)에 각각 동일한 형태의 수식어를 붙여주는 게 좋습니다. 만약 '대담하고 다채로운 디자인'이라고 썼으면, '발상' 앞에도 '혁신적이고 신선한 발상'으로 써서 비슷한 형식으로 맞춰주는 게 혼란을 줄일 수 있습니다.

짧은 문장 하나가 여러 개 쌓여서 한 문단이 되고, 그 문단들이 모이면 하나의 글이 탄생합니다. 그렇게 짧은 문장들이 모인 글은 전체 길이가 아무리 길다고 해도 쉽게 읽힙니다. 짧고 쉬운 글이 좋은 글인 이유는 단숨에 잘 읽혀서입니다. 한 번에 쉽게 잘 읽히면 그 글이 재미있게 느껴지고 글을 참 잘 썼다고 생각될 테니까요.

[4]

긴 글의 굴레에서 벗어나기

생각을 단어로 바꾸면 논리력이 향상된다.

머릿속에서 분명하지 않던 것이 페이지 위에서 명확해진다.

• 조직심리학자 애덤 그랜트

"간결은 자신감이고, 장황은 두려움이다Brevity is confidence. Length is fear!"

제가 참 좋아하는 문구입니다. 생각해보면 내가 쓴 글에 자신감과 확신이 없을 때 글이 장황하게 길어지고, 어렵고 모호한 단어들로 채워지는 것 같습니다. 어쩌면 그런 뿌옇고 어지러운 문장 속에 숨고 싶은지도 모르겠습니다.

한 번 더 정확하게 확인하고 내 글에 대한 두려움을 없앤다면, 많은 이에게 자신 있게 내놓을 수 있는 간결한 글이 나오지 않을까 싶습니다. '어떻게 더 쉽게 쓸 수 있을까?' '더 간단하게 표현할 방법은 없을까?' '이 문장이 반드시 필요한가?' '그냥 들어간 낱말은 없나?' 하나하나 살펴보면서 다듬다 보면 짧지만 얕지 않고, 읽기 쉽지만 가볍지 않은 그런 글이 탄생할 겁니다.

우리는 이상하게 글을 쓸 때 길고 어렵게 쓰려고 하는 경향이 있습니다. 긴 글의 굴레에서 벗어납시다. 스스로를 긴 글에서 자유롭게 해방시켜주세요. 어려운 단어들로 길게 쓴 글만이 좋은 글이라는 속박에서 벗어나서 쉬운 표현들로 간결하게 다듬어진 글이 더 깔끔한 글이라는 걸 기억하셨으면 합니다.

너무 많은 걸 한꺼번에 넣으려고 하지 마세요. 단순할수록 더 많이 담기는 법입니다. 욕심을 버리고 군더더기를 제거한다고 생각하세요. 나무가 더 튼튼하게 자라도록 가지치기를 하는 것처럼요. 한 번에 하나씩, 한 문장에는 하나의 주장과 생각만 담으세요. 한 문장에는 주어 하나, 술어 하나라는 것도 잊지 마시고요. 내가 쓴 글에 주어가 여러 개 등장한다면 주어 하나에 문장 하나씩으로 분리해낸다고 생각하면 편할 겁니다.

'뜨거우니 조심하여 주십시오.'

이 문장에는 두 가지 이야기가 담겨 있습니다. 뜨겁다는 것과 조심하라는 것. 각각 하나의 문장으로 나눠볼까요? '뜨겁습니다. 조심하여 주십시오.' 기왕이면 종결어미도 다르게 써보는 게 더 잘 읽힐 겁니다, '뜨겁습니다. 조심하세요.'가 처음 문장보다 더 와닿죠. 그것도 한 줄로 적는 것보다 두 줄로 배치하는 게 시각적으로 사람들에게 더 경각심을 줄 수 있습니다.

'뜨겁습니다.
조심하세요!'

이렇게 말이죠.

저는 방송작가로 일하면서 시간과 글자 수에 제한이 있는 글쓰기에 훈련이 돼 있습니다. 제한이 있으니까 최대한 줄여서 꼭 필요한 말만 쓰게 됩니다. 그래서 제가 글쓰기 강의를 하면서 처음에 수강생들에게 내주는 과제는 A4 한 장이 넘지 않게 쓰는 겁니다. 전하고자 하는 바를 충분히 전달할 수 있다면 열 줄도 상관없습니다. 단어 하나만으로 충분할 때도 있습니다.

3음절보다 2음절, 2보다 1이 더 강력한 단어가 될 수 있다는 걸 기억하세요. 짧을수록 울림이 크고, 짧아질수록 강해집니다. 말이 길어질수록 중언부언하고 같은 얘기를 반복할 가능성이 높습니다.

'압도적인 슬픔.' 냉철하고 이성적이기로 유명한 작가이자 비평가 롤랑 바르트가 어머니와 사별한 후의 심정을 이 한마디로 표현했습니다. 구구절절 설명하지 않아도 충분히 그 슬픔의 강도와 그 사람의 상태가 전해지죠. 나의 감정을 전하기 위해서, 내 생각을 전달하기 위해서 꼭 수많은 표현들과 어휘들로 가득 채울 필요는 없습니다. 오히려 담담하고 담백할수록 더 크게 와 닿습니다.

여백 또한 하나의 훌륭한 문장입니다. 버리고 비우는 연습도 필요합니다. 너무 빼곡하게 내 주장으로 채우지 말고, 읽는 사람이 숨 쉴 틈을 주세요. 앞의 문장에 대해 나름대로 정리하고 생각해볼 시간을 주는 거죠. 읽고 나서 그 여운을 느낄 시간을 줘야 내 의도를, 내 글을 더 잘 이해하고 깊이 음미할 수 있습니다.

다큐멘터리에서도 내레이션이 숨 쉴 틈 없이 빽빽하게 깔

리면 영상을 보면서, 사람들의 표정을 보면서 느낄 수 있는 감동과 의미를 날려버린답니다. 여백도 엄연한 하나의 문장이라는 생각을 가져야 그 빈틈을 꽉꽉 채워야겠다는 욕심을 버릴 수 있습니다.

"자네에게 짧은 편지를 쓸 시간이 없어 긴 편지를 보낸다네." 소설가 마크 트웨인이 친구에게 보내는 편지에 쓴 말입니다. 사실 짧고 쉬운 문장으로 글을 쓰려면 더 많은 시간과 노력이 필요합니다. 글쓴이가 시간과 노력을 많이 들일수록 읽는 사람의 시간과 노력은 줄어듭니다. 시간을 들여 말을 정리하고 읽기 쉽게 바꾸면서 더 이상 뺄 말이 없을 정도로 압축해 나가다 보면 더 적은 단어로 더 많이 전달할 수 있는 글이 될 겁니다.

이렇게 시간을 들여 점검하는 과정이 필요한 이유가 또 하나 있습니다. 생각을 단어로 바꿔가다 보면 그 생각이 더 명확해지고, 그렇게 명확해진 생각을 글로 구체적으로 적다 보면 목표도 분명해지기 때문입니다. 길고 복잡한 생각은 오히려 깊지 않은 생각의 결과일 수 있습니다.

생각에 생각을 거듭해도 결론이 보이지 않던 것이 그냥 생각의 흐름대로 쭉 써 나가다 보면 간단하게 정리되기도 합니다. 저도 생각만 할 때는 오히려 더 복잡해지기만 하다가 글로 끄적이면서 내 안의 해답과 마주하게 될 때가 많습니다.

"간결은 지혜의 본질이다." 셰익스피어가 쓴 『햄릿』에 등장하는 폴로니어스의 대사죠. 계속 다듬고 줄여가는 과정에서 알맹이를 발견하게 됩니다. 오히려 분량이 긴 글을 쓸 때나 스스로가 길을 잃지 않고 초점을 유지하는 데 꼭 필요한 과정이 아닐까 싶습니다.

그리고 내가 이 글을 통해서 말하고자 하는, 전하고자 하는 메시지의 우선순위를 정해야 합니다. 하나의 문장에는 하나의 내용만 담아야 하듯이, 하나의 제목을 단 글에는 하나의 메시지만 담는 게 좋습니다. 메시지가 여러 개 있다면 그 메시지를 각각 하나씩 담은 글을 여러 개 써보세요. 그렇게 하면 어떤 걸 버리고 어떤 걸 살릴지 결정하는 데에도 큰 도움이 됩니다.

최근에 읽은 책 구절 중에 '모든 단어와 문장을 중요하게 만들라'는 표현이 참 인상적이었습니다. 이런 마음가짐으로 글을 쓴다면 구색 맞추기 식으로 '그냥' 들어간 어휘는 깔끔하게 정리될 겁니다. 그냥 자리를 차지하고 있는 단어들은 내 두려움과 불안의 표출일 수 있습니다.

[5]

선택이 글을 살린다

짧은 글을 쓸 때 가장 중요한 건 단어를 적재적소에 잘 골라서 정확하게 쓰는 것, 적확한 단어와 표현을 찾아내는 것입니다. 그래서 수식어 여러 개 중에서 가장 잘 어울리는 표현 딱 하나를 골라내고, 딱 맞는 단어 하나만 선택해가는 과정이라고 할 수 있습니다. 물론 쉽지만은 않습니다. 수많은 단어와 어휘 중에서 골라내야 하니까요.

그야말로 좋은 선택이 글을 살립니다. 많은 형용사와 부사 중에서 그 명사와 동사에 가장 잘 어울리는 걸 골라내는 게 필요합니다. 신중하게 골라 쓴 단어 몇 개만으로 문장 수준을 높일 수 있습니다.

아주 단순하게 '아름답다'와 '예쁘다' 중에서 선택하는 상황이라고 생각해볼까요? 많은 사람에게 더 친근하고 익숙한 단어, 우리가 일상에서 자주 사용하는 표현은 '예쁘다'입니다. 그런 면에서는 '아름답다'보다 '예쁘다'를 선택하는 게 좋습니다. 하지만 '아름답다'와 '예쁘다'는 그 의미나 느낌이 미묘하게 다르죠. 그래서 수식하고 서술하는 대상에 더 어울리는 게 무엇인지에 따라, 내 의도에 따라 어떤 걸 택할지 결정해야 합니다.

짧은 글 쓰기의 원칙을 한마디로 정리하면 '짧고 쉽게!'입니다. 그런데 의외로 이 '짧고 쉽게'가 생각보다 어렵습니다. 무엇인가를 설명할 때 내가 그것에 대해 완벽하게 잘 알고 있어야 '짧고 쉽게' 말할 수 있죠. 정확히 잘 알지 못하니까 길고 장황하고 애매하게 어려운 단어를 써서 얘기하거든요.

예를 들어, '예민하고 생각 많고 까칠한 소영이의 새치가 그새 되게 훨씬 더 많이 늘었네요'라는 문장이 있다고 해봅시다. '소영이'이라는 명사를 수식하는 형용사가 세 개니까 이 중에서 하나만 선택하고 나머지는 버려야겠죠. 아니면 아예 새로운 형용사를 하나 찾아낼 수도 있습니다.

여기서 어떤 형용사를 택할지는 내가 소영이를 얼마나 잘 알고 있는지로 결정됩니다. 예민하고 생각 많고 까칠하다는 건 비슷하면서도 다른 말인데, 소영이의 성격을 가장 정확하

게 표현하는 형용사가 무엇인지를 알아야 합니다. 그래서 내가 쓰고자 하는 것을 확실히 아는 것이 단어 선택에 무척 큰 영향을 주는 거죠.

이 문장에서는 다른 문제점도 있습니다. 주어가 '소영'이 아니라 '새치'라는 겁니다. 결국 주어를 꾸며주는 형용사는 네 개인 셈입니다. 술어도 살펴볼까요? '늘다'라는 술어를 수식하는 부사 역시 '되게', '훨씬', '더', '많이', 이렇게 네 개나 됩니다. 그럼 이렇게 고쳐보겠습니다.

> '예민한 소영이는 생각이 많습니다. 그래서인지 그새 새치가 훨씬 늘었네요.'

그렇지만 단순히 수식어의 개수만 줄인다고 좋은 문장이 되는 건 아닙니다. '작년보다 올해 매출을 20퍼센트 신장시킬 10가지 제안 사항'이라는 말을 한번 줄여볼까요?

> '매출 20% 성장, 이것부터 하자.'

당연히 내용은 같습니다. 읽는 사람 시각에서는 일단 '신장'이라는 단어보다 '성장'이라는 단어가 더 쉽게 와닿습니다. 그리고 '10가지 제안 사항'을 '이것부터 하자'라고 바꿔주면 부담감을 덜고 편하게 접근할 수 있을 겁니다. 사람들은 대부분 열 가지나 읽어볼 마음도, 실천해볼 마음도 들지 않을 테니까요. 대신에 '이것부터 하자'고 하면 왠지 한 가지만 해도 될 것 같은 느낌을 줘서 한번 해볼까 하는 생각을 갖게 만듭니다.

너무 줄이는 것에만 급급하다 보면 단어 하나에만 집착하게 되는 경우가 많습니다. 단어 하나만 다른 걸로 바꾸려고 하지 말고, 전체적으로 다시 보면서 같은 내용이지만 좀 더 짧고 쉽게 표현하는 방법은 없는지 고민해보세요. 짧은 글로 잘 쓰기 위해서는 단어뿐 아니라 그 문장과 문단에 가장 적확한 표현이나 어휘 하나를 찾아내는 과정이 필수입니다.

수식어를 최소한으로 할 수 있는 단어 선택이 중요한데, 주의할 점은 '짧게'에만 집중하다 보면 '쉽게'를 놓칠 수 있다는 겁니다. 대부분은 음절이 적은 단어와 친숙한 단어가 더 '쉽고 빠르게 읽힙니다'. 짧은 단어가 긴 단어보다, 더 일반적인 단어가 흔치 않은 단어보다 '가독성이 높습니다.' 어렵고 복잡한 낯선 단어를 접할 때 읽는 속도가 떨어지고 집중하기가 어렵기 때문입니다.

자, 여기서 '가독성이 높다'와 '쉽고 빠르게 읽힌다'를 비

교해볼까요? 더 짧은 건 '가독성이 높다'지만 더 쉬운 건 '쉽고 빠르게 읽힌다'겠죠. 그런데 '가독성'이라는 단어 하나로 여러 말 구구절절 필요 없이 더 확 와닿는 사람도 있습니다. 연령대도, 직업도 다양한 분들을 대상으로 글쓰기 강의를 하다 보면 이런 차이들을 발견할 때가 많습니다. 어떤 분들에게는 '적확的確한' 단어라는 표현이 '딱 맞는' 단어를 찾아내는데 도움이 됩니다.

때로는 어떤 개념을 더 정확하게 전달하기 위해서, 혹은 전문성과 중요성을 강조하기 위해서 복잡하고 어려운 전문용어를 사용해야 할 경우도 있습니다. 이 경우에도 모든 문장을 그런 단어들로 쓰는 것보다 꼭 필요한 부분에 한 번만 사용하는 게 오히려 더 강조되고 집중될 수 있습니다.

선택이 글을 살린다면, 반복과 중복은 반대로 글을 죽입니다. '행복감(피로감)을 느끼다'는 중복 표현이죠. '감感'이라는 한자어에 '느끼다'라는 뜻이 담겨 있으니까요. 그냥 '행복하다(피로하다)'고 하거나 '행복(피로)을 느끼다'로 쓰면 됩니다. '하얀 눈'이나 '붉은 체리'도 중복 어휘일 수 있습니다. 다만 강조하기 위해서 의도적으로 중복 표현을 한 거라면 가능합니다.

잘 알고 있는 분도 많지만 흔히들 실수하는 중복 표현을 정리해봤습니다.

- 더 추가 → 더하다/추가하다
- 입장해 들어가다 → 입장하다
- 속 내의 → 내의/속옷
- 방학 기간 동안 → 방학 동안/방학 기간
- 행복감(피로감)을 느끼다 → 행복(피로)을 느끼다
- 어려운 난국을 헤쳐 나가다 → 난국을 헤쳐 나가다
- 빅히트를 쳤던 → 빅히트
- 투포환을 던지다 → 투포환/포환을 던지다

한 문단에 같은 단어나 같은 표현이 연달아 두 번 이상 적혀있다면, 앞 문장에 있는 말이 그 다음 문장에 바로 또 나온다면, 그것 역시 글을 죽이는 중복과 반복입니다. 가능하면 한 번 썼던 단어나 표현은 다시 쓰고 싶지 않아야 합니다. 비슷한 의미의 단어나 표현을 찾아서 계속 다르게 쓰는 연습이 어휘력을 키울 수 있습니다.

[6]

단 하나의 단어에도 진심과 이유를 담아라

글쓰기는 인간의 영혼을 표현하는
가장 진실된 방식 중 하나다.

•아이작 아시모프

짧은 글 쓰기에 익숙해지려면 한 문장의 길이를 줄이는 연습을 지속적으로 해야 합니다. 하지만 처음에는 그저 마음 가는 대로 편하게 다 나열하세요. 그러고 나서 하나씩 줄이고 고쳐 가면 됩니다. 시작부터 너무 짧게 쓰는 것에 강박감을 가지면 오히려 표현력에 제약이 생겨서 단조로운 단어들만 나열할 수도 있습니다. 일단 내 안에 있는 것들을 모조리 쏟아내듯이 떠오르는 모든 것을 충분히 풀어내야 줄이고 다듬는 과정이 수월해집니다. 더 많은 선택지에서 더 좋은 결정을 할 수 있는 것처럼 말이죠.

어떤 단어와 표현을 선택할지 결정하는 건 물론 글쓴이의 몫입니다. 내 글을 읽는 주 대상이 누구인지, 어떤 사람들이 내 글을 읽었으면 좋겠는지에 따라 선택은 달라질 수 있습니다. 타깃 층에 따라서 친근하고 일상적인 단어를 사용할지, 소수의 사람들만 사용하는 그들만의 표현과 용어를 선택할지 달라지기도 합니다.

수강생 중에 고급 시계 브랜드 마케터로 일하는 분이 있었습니다. 그분은 타깃 층이 정해져 있어서 일부러 다른 단어들을 골라 쓸 필요가 있었습니다. '고혹적인 아름다움과 뛰어난 성능을 자랑하는 대표 여성 컬렉션. 기계식 시계 본연의 정밀함과 미학적 가치를 겸비한 하이엔드 워치의 정수를 보여줍니다.' 일반적인 소비자 대상이라면 '고혹적'이라는 표현보다 '매혹적'이라는 단어를 선택했을 겁니다. 그리고 '하이엔드'나 '기계식 시계'라는 단어 역시 대상에 맞게 선택한 어휘입니다.

내 글을 읽을 사람을 떠올리며 문장 한 줄, 단어 하나에 심혈을 기울여 꾹꾹 진심을 눌러 담는다면 그 사람들의 마음 깊숙한 곳에 자리하는 글을 쓸 수 있을 겁니다.

모든 단어에는 그 단어가 그 자리에 꼭 사용되어야만 할 이유가 있어야 합니다. 그런데 내가 쓴 글은 내 눈에 잘 안 보일 때가 많습니다. 내가 쓴 모든 어휘와 문장이 다 필요하다는 생각에 갇혀 있을 수 있습니다. 지금 사용한 단어가 꼭 필요한지, 그 표현이 적합한지를 판단할 때는 이렇게 해보세요. 글의 핵심을 전달하는 데 그 단어로 미묘한 차이가 느껴지는지, 읽는 사람이 그 단어나 어휘를 읽고 이해하는 데 시간과 노력을 들일 정도로 추가로 전달하는 의미가 있는지를 생각해보면 좋을 것 같습니다.

또 하나, 단어를 선택할 때 생각해봤으면 하는 점이 있습니다. 내가 사용하는 언어, 말과 글에는 자연스럽게 나의 가치관과 생각이 담기기 마련입니다. 나를 담아낸 표현과 단어를 골라낸다고 생각하면 단어의 의미를 제대로 이해하고, 단어 하나에도 진심과 이유를 담게 될 겁니다.

당연하고 기본적인 얘기지만, 사전을 많이 찾아보시기를 권합니다. 막상 찾아서 확인해보면 그 뜻이나 의미가 내가 알고 있거나 생각했던 것과 다를 때가 많습니다. 그래서 내가 의도했던 것과 그 느낌이 미묘하게 다르게 전달될 때가 있습니다. 사전에서 정확한 의미를 확인한 후에 그 밑에 나와 있는 예문을 살펴보면서 어떤 때 사용하는지, 다른 유의어들과는 어떻게 다르게 사용하는지 느껴보는 것도 딱 맞는 단어와 표현을 골라내는 데 도움이 됩니다.

작가들 사이에서 훌륭한 문장가로 존경받는 줄리언 반스는 사용하는 단어가 그 상황에 아주 적절하고 정확한 것으로 유명합니다. 그 이유를 옥스퍼드 영어 사전을 편찬한 경험에서 찾기도 해요. 누구보다 단어를 잘 알고 있는 사람이었기에 단어 선택이 탁월하지 않았을까 싶습니다. 좋은 단어를 찾아내기 위해서 사전과 친해지는 것과 함께, 어떤 책을 읽든 그 작가가 사용한 단어들과 그 단어들이 모여서 만들어낸 문장 하나하나에 관심을 가지고 집중해보는 것도 권하고 싶은 방법입니다.

내가 사용하는 단어가 나를 규정한다

언젠가 『지선아 사랑해』의 작가인 이지선 교수의 인터뷰를 보다가 인상적으로 와닿았던 얘기가 있습니다. 계속 사고를 당했다고 얘기하다가 어느 날 '당했다'라는 표현을 '만났다'로 바꿔봤는데, 그때부터 그 사고와 진짜 헤어지기를 시작했던 것 같다는 말이었습니다. 언어적 표현을 바꾸는 것만으로 내 마음과 생각에 영향을 줄 수 있습니다.

특히 짧은 글에서는 단어 하나로 말이 가지고 있는 좋은 힘과 나쁜 힘이 발휘될 수 있습니다. 우리가 사용하는 단어에 따라 세상을 보는 눈과 생각의 틀이 결정될 수 있다고들 합니다. 그래서 내가 무심코 사용하는 어휘나 비유를 잘 살펴보면 내가 가지고 있는 마음의 벽, 사고의 한계를 발견하게 됩니다.

나 자신에게 향하는 부정적인 표현들을 긍정적인 단어로 바꿔보면 나도 모르게 가지고 있던 마음의 벽과 사고의 틀을 깨트릴 수 있습니다. 저도 최근에 읽은 표현 중에 와닿는 단어가 있어서 일상에 반영해보려고 노력 중입니다. 예를 들면 '특이한' 게 아니라 '특별한', '이런 문제가 있어' 대신 '이런 성격적 특징이 있구나'로, '예민하다'는 표현을 '섬세하다'로 바꿔보려고 합니다.

이렇게 단어가 변화되면서 매일 무심하게 지나쳤던 나무의 싱그러운 녹색 잎이 새롭게 눈에 들어오고, 그런 자연을 느낄 수 있는 나에 대해 인식하게 됐습니다. 긍정적인 표현과 단어를 쓰는 순간 행복감이 증대된다는 연구 결과도 본 적이 있습니다. 요즘 유행하는 '마음 챙김'도 결국은 같은 맥락이 아닐까 싶습니다.

내가 글을 쓸 때 사용하는 대명사의 비중을 통해서도 나의 상태를 확인해볼 수 있습니다. '나, 내가, 나를, 나의, 나 자신'

과 같은 1인칭 단수 대명사를 많이 사용하면 개인적인 관점을 강조하고 자기 자신에게 집중하게 됩니다. 반대로 1인칭 단수 대명사를 사용하는 비율을 낮출수록 다른 각도에서 바라보는 노력을 하게 되고 여러 차원에서 생각해보는 시각을 가질 수 있습니다. 대명사의 변화로 관점의 변화를 이끌어낼 수 있습니다.

평소에 나도 모르게 자주 사용하고 있는 표현들을 한번 점검해보고 변화를 줘보세요. 내게 필요한 모든 빛은 결국 다 내 안에 있는 건지도 모릅니다. 그 빛을 제대로 밝혀줄 방법을 모르거나 노력이 부족했을 뿐이에요.

이런 방향의 전환이 당연히 더 풍성한 글을 쓰는 데에도 큰 도움이 됩니다. 내가 바뀌면 내 글도 바뀌고 나아가서는 내 글을 읽는 사람들에게도 변화를 일으킬 수 있겠죠. 글만큼 선한 영향력을 미치는 것도 없는 것 같습니다. 단어 하나를 바꾸는 노력으로 나 자신을 비롯한 많은 사람에게 선한 영향력이 전파되어 나간다면 시도해볼 가치가 있지 않을까요?

[7]

단숨에 쉽게 읽히는 글

어떤 글을 읽었는데, 첫 단어부터 시작해서 끝까지 한 번도 안 쉬고 단숨에 읽혀서 다 읽고 나서 참 재미있었다고 느낀 경험이 아마 다들 한번쯤은 있을 겁니다. 반대로, 첫 문장부터 잘 읽히지 않아서 몇 번 다시 읽기를 시도하다가 결국 포기하게 되기도 합니다. 당연히 모두가 전자의 글을 선호하고 좋은 글이라고 평가할 겁니다.

한 문장의 길이가 짧아지면 단숨에 잘 읽히는 장점이 생깁니다. 쓰기도 편하고 읽기도 편한 글이 됩니다. 짧고 쉬운 글이 좋은 글인 이유입니다.

읽는 이에게 재미있고 좋은 글로 인식되려면 한 문장의 길이를 최대한 짧게 줄이는 것부터 신경 쓰세요.

다음 두 글을 비교해서 읽어보겠습니다.

1. 오랜만에 인스타그램을 들어갔다가 팔로 요청이 와 있는 걸 발견하고는 내 눈을 의심했다. 내 기억 속에서 그토록 지우고 싶었던 그 사람이었기 때문이다. 그래서 '확인'을 누르지 않았다.

2. '팔로 요청.' 두 눈을 의심했다. 그 사람이었다. 기억 속에서 그토록 지우고 싶었던 사람. '확인'을 누르지 않았다.

확실히 단문으로 쭉쭉 이어지는 2번 글이 속도감 있게 잘 읽힙니다.

"예술은 그 자리에서 단번에 이해돼야 한다. 형용사와 부사를 최대한 많이 지워라. 독자의 이해를 방해하고 독자를 지치게 한다."

근대 단편소설의 거장으로 꼽히는 안톤 체호프의 명언입니다. 오히려 짧은 글에는 정성이 많이 들어갑니다. 짧지만 모든 걸 담아서 한 번에 이해할 수 있도록 직조해야 하기 때문입니다. 짧은 글 쓰기의 어려운 점이기도 하죠. 저는 방송작가라 한 번에 쉽게 읽히는 글의 중요성을 잘 알고 있습니다. 제

가 쓴 글을 진행자나 출연자가 한 번에 쉽게 읽을 수 있도록 써줘야 하니까요.

그리고 방송은 인쇄 매체와 달라서 한 번 흘러가 버리면 돌이키기가 힘듭니다. 예를 들어, 한 문장 안에 사람들이 잘 모르는 어려운 단어가 들어 있다고 생각해볼까요? 인쇄 매체를 읽는 독자라면 잠시 멈춰서 그 단어의 뜻을 찾아본 뒤에 다시 읽는 게 가능하죠. 방송은 그냥 지나가 버리기 때문에 그 문장뿐 아니라 내용 전체를 이해하지 못한 채 넘어가게 됩니다. 이를 고려한 글쓰기는 방송에만 적용되는 게 아닙니다.

인쇄 매체에서도 독자에게 검색의 부담을 주지 않고 막힘없이 술술 읽히도록 하는 게 좋은 글입니다. 그러려면 어떻게 해야 할까요? 같은 표현이라도 누구나 알아들을 수 있는 가장 쉬운 낱말을 선택하려는 노력이 필요합니다. 어렵고 복잡한 한자어, 전문용어나 학술용어, 외국어, 약어 등은 쉽게 풀어서 써주면 좋겠죠.

다만, 설명을 위해 글 중간중간에 들어가는 괄호나 ― ―는 읽는 사람을 힘들고 번거롭게 만들어서 집중력을 떨어뜨립니다. 차라리 그 내용을 쉽고 간략하게 풀어서 써주거나, 그 부분을 설명하는 문장을 따로 추가해주는 게 더 효과적일 수 있습니다.

제 강의를 듣는 수강생 중에는 변호사나 공무원들이 있는데, 다른 사람들이 무엇을 모르는지 몰라서 어렵게 쓰는 경우가 많더라고요. 사실 저도 자주 하는 실수 중의 하나입니다. 제가 아는 것을 당연히 다들 알 거라고 생각해서 생략하거나 건너뛰기도 하고요.

방송은 불특정 다수의 공중이 대상이기 때문에 수준을 초등학교 고학년 정도로 맞춥니다. 여러분도 누구를 대상으로 한 글인지 고려해서 그 사람 입장에서 한번 생각해보세요. 단어나 표현이 달라질 겁니다. 이렇게 하면 인터넷 검색 없이도 읽을 수 있는 글이 나옵니다. 단어 하나도 사전과 인터넷을 여러 번 뒤져가며 고민한 끝에 선택했다면 읽는 사람에게 좋은 글, 친절한 글이 됩니다.

쉽게 잘 읽히는 글을 위해서는 애매모호하고 추상적인 표현보다 명확하고 구체적으로 써주는 게 좋습니다. 웬만하면 지시대명사도 자제하고요. 너무 포괄적이거나 광범위한 표현 역시 명확하지 않아서 오해를 불러일으킬 수 있습니다. 정확성과 진실성을 갖춘 글, 신뢰할 만한 표현이 많은 사람의 마음을 움직이고 공감을 얻습니다. 그런 면에서 요즘 많은 사람이 습관처럼 사용하는 '같다'는 표현은 자제하는 편이 어떨까 싶습니다. 확신이 없는 말투보다는 정확하게 확인해본 다음

에 나오는 확실한 표현을 더 신뢰할 테니까요.

단번에 잘 읽히는 글의 특징과 길이

매끄럽게 잘 읽히는 글은 '간결체, 건조체, 우유체'라는 특징을 가지고 있습니다. 간결체라는 건 우리가 계속 얘기하고 있는 한 문장의 길이가 짧은 글이죠. 간결체의 반대인 만연체는 문장의 길이가 장황하게 늘어진 긴 글을 말합니다.

건조체는 화려한 수식어들을 최대한 줄이는 문체입니다. 미사여구를 마구 나열하고 싶은 욕심을 버리고 너무 주관적이거나 감상적인 어휘를 자제하는 게 그 비결이에요. 화려체가 아닌 건조체가 짧은 글의 특징입니다.

마지막으로 우유체는 우리가 평상시에 사용하는 대화체로, 부드러운 말을 뜻합니다. 군인 말투라고 하는 '다, 나, 까' 어투가 딱딱한 강건체의 가장 쉬운 예고요. 기자들이 뉴스에서 사용하는 리포팅도 강건체입니다. "~하는 것이다, ~한 것이다, ~라는 것이다"라는 식으로 문장을 계속 마무리하는 것도 우유체가 아닌 강건체라고 할 수 있습니다.

문장을 마치는 종결어미를 다양하게 번갈아가면서 써보는 것도 추천합니다. 매번 똑같은 종결어미로 마무리하는 것보다는 다양한 종결어미를 사용하는 게 읽기에도 편하고 자연스럽게 잘 읽힙니다. 종결어미를 다양한 형태로 변주한 뒤 그 글맛을 느껴보세요.

한 문장의 길이가 어느 정도면 한 번에 잘 읽히는지도 생각해볼까요? 사람들은 대부분 마침표가 찍힌 데까지를 한 호흡에 읽으려고 하는 경향이 있습니다. 그러니까 적당한 문장의 길이가 몇 자라고 특정하지 않아도 한 호흡으로 읽을 수 있는 길이가 한 번에 쉽게 읽힌다는 거예요.

내가 쓴 글을 소리 내어 읽어보면서 한 호흡으로 읽을 수 있는지 확인하는 게 좋은 방법입니다. 눈으로 읽으면 내가 쓴 문장이기 때문에 한 호흡에 읽힐 것 같아 보입니다. 꼭 소리 내어 읽어보면서 호흡이 가빠지는 부분이 있으면, 바로 그곳에서 문장을 잘라줘야 합니다.

그리고 한 줄에 적혀 있는 내용을 한 호흡에 읽으려고 하는 경향도 있다고 하니까, 기왕이면 한 줄에 들어가는 내용을 의미가 통하는 단위로 끊어주면 더 좋겠죠. 읽는 사람 입장에서 한 줄에 적혀 있는 분량이 너무 많으면 읽고 싶은 마음이 사라지게 됩니다.

여기서 치트키라고도 할 수 있는 방법 하나를 알려드릴게

요. 한 호흡에 읽을 수 있는 길이로 엔터키를 쳐서 줄 바꾸기를 해주는 겁니다. 제가 신문에 연재를 시작하면서 쓴 첫 도입부 문장을 예로 들어보겠습니다. 처음에 쓴 문장은 이렇습니다.

> '언뜻 보면 전혀 연관이 없어 보이지만, 사람의 마음을 움직이는 데에도, 사물의 이치를 밝혀내는 데에도, 쉽고 간단하게 단순화하는 게 모든 것의 근본이자 원칙이라는 걸 깨닫게 됐습니다.'

이게 한 문장입니다. 장문, 만연체죠. 중압감과 긴장을 내려놓아야 좋은 글이 나온다고 했지만, 사실 저도 연재를 시작하면서 어깨에 단단히 힘이 들어갔습니다. 특히 첫 문장을 잘 써야 한다는, 잘 쓰고 싶다는 부담감이 컸거든요. 그런데 이 긴 문장을 쪼개서, 한 호흡에 읽을 수 있는 길이로 엔터키를 쳐서 줄 바꾸기를 해주는 겁니다. 이렇게요.

> '언뜻 보면 전혀 연관이 없어 보이지만,
> 사람의 마음을 움직이는 데에도,
> 사물의 이치를 밝혀내는 데에도,

쉽고 간단하게 단순화하는 게
모든 것의 근본이자 원칙이라는 걸 깨닫게 됐습니다.'

훨씬 잘 읽히죠? 물론 짧은 문장으로 잘라서 쓰는 게 최선이지만, 문장을 그대로 두고 짧은 글의 효과를 내는 기술입니다. 만연체를 간결체로 바꾸는 최후의 수단으로 사용할 수 있습니다.

다음 두 글을 한번 비교해보세요.

① 저는 방송작가이고, 대학에서는 물리학을 전공했습니다. 언뜻 보면 전혀 연관이 없어 보이지만, 사람의 마음을 움직이는 데에도, 사물의 이치를 밝혀내는 데에도, 쉽고 간단하게 단순화하는 게 모든 것의 근본이자 원칙이라는 걸 깨닫게 됐습니다. 글도 마찬가지입니다. 쉽고 간단하게 단순화한 짧은 글이 모든 글의 기본입니다.

글이 꼭 어렵고 거창해야 하는 시대는 이제 지났습니다. 짧지만 강한 임팩트를 남기는 글에 오히려 힘이 있으니까요. 짧고 쉬운 글이 좋은 글입니다. 읽기 쉬운 글이 쓰기도 쉽고, 쓰기 쉬운 글이 읽기도 쉽습니다. 복잡한 건 머릿속에 남지 않고, 읽기 힘

든 글은 마음에 와닿지 않기 때문이죠. 글쓰기의 기본은 결국 같습니다.

② 저는 방송작가이고,

대학에서는 물리학을 전공했습니다.

언뜻 보면 전혀 연관이 없어 보이지만,

사람의 마음을 움직이는 데에도,

사물의 이치를 밝혀내는 데에도,

쉽고 간단하게 단순화하는 게

모든 것의 근본이자 원칙이라는 걸 깨닫게 됐습니다.

글도 마찬가지입니다.

쉽고 간단하게 단순화한 짧은 글이 모든 글의 기본입니다.

글이 꼭 어렵고 거창해야 하는 시대는 이제 지났습니다.

짧지만 강한 임팩트를 남기는 글에 오히려 힘이 있으니까요.

짧고 쉬운 글이 좋은 글입니다.

읽기 쉬운 글이 쓰기도 쉽고,

쓰기 쉬운 글이 읽기도 쉽습니다.

복잡한 건 머릿속에 남지 않고,

읽기 힘든 글은 마음에 와닿지 않기 때문이죠.

글쓰기의 기본은 결국 같습니다.

언뜻 봤을 때 어떤 글을 더 읽고 싶은 마음이 드셨나요? 아마 다들 두 번째 글이라고 답하셨을 겁니다. 물론 신문이나 공문 등 공식적인 글쓰기에서 이런 줄 바꿈은 허용되지 않는 걸로 알고 있지만, 저희 방송작가들은 한 번에 읽기 쉽게 써줘야 하기 때문에 이렇게 한 호흡 단위로, 엔터키를 쳐주면서 쓰는 것에 익숙합니다.

엔터키를 잘 활용하면 내 글을 읽는 사람이 내 의도대로 읽게 만드는 효과도 있습니다. 한 문장을 짧게 쓰려는 노력은 전혀 하지 않고 치트키만 사용하는 건 문제가 있겠지만, 첫눈에 읽고 싶게 만들거나 시각적으로 내 글에 대한 접근성을 높이고 싶다면 한번 활용해보는 것도 좋습니다.

[8]
짧은 글일수록 정확하고 바른 문장이 전달력을 높인다

내 언어의 한계가 내 세계의 한계다.

• 루트비히 비트겐슈타인

글쓰기를 어려워하는 분 중에는 자신이 쓴 글을 읽으면서 문장 호응이 안 되고 문맥이 어색한 건 알겠는데 도대체 어디가 잘못되고 이상한 건지 몰라서 답답해하는 분이 많습니다. 그래서인지 긴 글보다 짧은 글을 쓸 때 맞춤법에 부담을 덜 느끼고 조금은 가벼운 마음으로 시작하는 경향이 있는 듯합니다.

물론 맞춤법에 대한 두려움으로 글을 쓰는 데 어려움을 겪는 것보다는 쉽고 편하게 시작하는 게 낫긴 합니다. 하지만 짧은 글일수록 정확하고 바른 문장이 전달력을 높인다는 점을 간과해서는 안 됩니다. 짧기 때문에 더더욱 그 안에 모든 걸 정확하게 담아서 한 번에 바로 이해할 수 있도록 써야 합니다.

짧은 문장은 장황한 문장에 비해 주어와 술어의 거리가 가깝기 때문에 주술 호응을 바로 확인할 수 있다는 장점이 있습니다. 반대로 말하면 읽는 사람에게도 눈에 더 잘 띄니까 맞춤법에 어긋난 것들이 금방 티가 난다는 얘기입니다. 오히려 장황하고 긴 글에서는 잘 드러나지 않기 때문에 틀린 것들을 숨길 수 있습니다.

일단 맞춤법이 틀리거나 주술 호응이 안 되는 문장은 잘 읽히지 않습니다. 글의 흐름을 방해하고 읽는 사람의 집중력을 흩어놓습니다. 그리고 맞춤법을 통해서 글쓴이의 글을 대하는 태도가 느껴져 신뢰가 떨어지면서 읽고 싶은 마음도 사라지게 되죠. 그래서 맞춤법에 맞지 않거나 어휘를 제대로 이해하지 못하고 쓴 문장, 논리적으로 맞지 않는 문장 등 제가 글쓰기 강의를 통해서 접했던 많은 분들이 헷갈려 하고 잘못 사용하는 예들을 한번 정리해볼까 합니다.

먼저, 주술 호응만 제대로 되어 있어도 문장이 바로 섭니

다. 주어와 술어가 한 문장의 토대이자 뼈대라는 걸 잊지 마세요. 주술 호응에 문제가 생기는 대부분은 주어를 생략하는 것에서 비롯됩니다. 주어를 제대로 적으면 나중에 검토할 때 한 문장의 술어를 찾은 다음 그 술어와 주어를 맞춰보면 쉽게 잘못된 점을 발견할 수 있습니다. 그 과정을 통해 두 문장이 합쳐져 있다는 것도 깨닫게 되고 짧은 문장들로 나눌 수 있게 됩니다.

예문 1 그 남자는 표정이 어둡고 눈빛이 날카로워서 처음에 볼 때 무서운 느낌을 받았는데, 서로 말을 나누다 보니 온화한 사람이었고, 나중에는 내가 말을 주도하게 되었다.

이 문장에서는 주어가 될 수 있는 게 그 남자와 나입니다. 그런데 따로 분리해야 하는 문장 여러 개가 결합되면서 주어가 생략되거나 뒤섞여서 사용됐습니다. 그러면 주어와 술어를 맞춰서 문장을 하나씩 떼어내 볼까요?

☞ 그 남자는 표정이 어둡고 눈빛이 날카로웠다. 그래서 처음에 볼 때 나는 무서운 느낌을 받았다. 그런데 서로 말을 나누다 보니 그가 온화한 사람이라는 걸 알게 됐고, 나중에는 내가 말을 주도하게 되었다.

예문 2 '나에게 아버지는 기대치가 높았다. 정확히 말하면 성공하길 원했다. 원하는 것을 해주려고 노력했고 지원을 아끼지 않았다. 문제는 내가 원하는 걸 하면서도 원하는 자체에 몰두하기보다 어떻게 하면 성공할 수 있을지를 더 고민했다.'

여기서는 일단 첫 문장의 주어를 제일 앞으로 가져다놓는 것만으로도 이해하기 쉬운 문장이 됩니다. '아버지는 나에게 기대치가 높았다.' 그리고 다음 문장들이 이어지면 주어가 같아서 생략된 것으로 생각하고 따라갈 수 있습니다.

더 명확하게 하려면 생략되어 있는 주어를 제자리에 제대로 넣어주는 게 좋습니다. '정확히 말하면 아버지는 내가 성공하길 원하셨다. 그래서 아버지는 내가 원하는 것을 해주시려고 노력했고 나에 대한 지원을 아끼지 않으셨다.' 아버지에 해당하는 술어에 존칭어를 제대로 붙여서 쓰는 것도 읽으면서 바로 뜻이 전달되는 데 도움을 줍니다.

마지막 문장을 볼까요? 술어는 '고민했다'이니까 주어는 '나'여야 하는데, '문제는'이 이 문장의 주어로 자리 잡고 있습니다. 주술 호응이 안 되는 문장이죠.

한 문장에서 주어가 중요하기 때문에 주어 뒤에 붙는 조사

역시 가장 신경 써야 할 부분입니다. 특히, '이/가'와 '은/는' 중에서 어떤 것을 쓰느냐에 따라 어감이나 의미에 미묘한 차이가 생기는데, 명확히 구분하지 못하는 분이 많은 것 같습니다. 주어를 강조하고 싶거나 주어가 궁금한 내용이라면 '이/가', 서술어에 전하고 싶은 중요한 정보가 있다면 '은/는'을 사용합니다.

'은수가 가기로 했어요'에서는 가기로 한 사람이 주어인 은수라는 게 중요한 내용입니다. '광우는 안 간대요'에서는 광우가 안 간다는 사실이 중요하다고 할 수 있습니다. '6월 6일은 현충일이야.'/'6월 6일이 현충일이야.' 이 두 문장에서도 강조하는 점이 서로 다르다는 게 느껴지실 겁니다.

그리고, 같은 단어를 사용하더라도 어떤 순서로 배치하느냐에 따라 느낌이 달라집니다. '아이들이 공을 차고 있다.'/'공은 아이들이 차고 있다.' 이 두 문장을 통해 알 수 있듯 강조점에도 차이가 생기고요.

조사가 단어에 위치와 자격을 부여한다

많은 분이 크게 주의하지 않고 쓰는 것 중의 하나가 조사입니다. 그런데 조사를 제 위치에 제대로 사용하는 것만으로도 글의 흐름이나 문맥에 큰 영향을 줍니다. 조사는 명사나 대명사, 수사 같은 체언에 붙어서 그 단어가 문장 안에서 일정한 기능(주어, 목적어, 서술어, 부사어, 관형어 등)을 하게 만듭니다.

그러니까 주어로 만드는 주격조사를 목적어에 붙인다거나, 반대로 주어에 목적격조사를 붙이면 당연히 문장이 이상해지고 자기 의도와 다른 뜻을 전달하게 되겠죠. '고양시 시민이라면 자전거보험이 자동 가입'. 현수막에 적혀 있던 문구입니다. 주어는 고양시 시민인데, 자전거보험을 강조하려다 보니 자동차보험에 주격조사 '이'를 붙이면서 오류가 생겼습니다.

조사 사용에서 또 많이들 혼동하는 경우가 '~의'와 '~에'입니다. 발음이 비슷해서인지 잘못 사용하는 예가 정말 많습니다. '~의'는 명사에 붙어서 다음에 나오는 명사를 수식하는 관형어 역할을 하게 만듭니다. 이와 달리 '~에'는 시간이나 장소, 방향을 나타내는 부사어로 만들어줍니다.

예를 들어볼까요. '현실을 완전히 인정했을 때에 허무감과 좌절감은 너무 가혹하게 느껴졌다.' 이 문장에서는 '때' 다음에 나오는 허무감과 좌절감을 수식하는 관형어 역할을 해야 하기 때문에 '에'가 아닌 '의'로 쓰는 게 맞습니다. 만약

'의'가 아니라 '에'를 쓴다면 이렇게도 고쳐볼 수 있습니다. '현실을 완전히 인정했을 때에 느껴지는 허무감과 좌절감은 너무 가혹했다.'

제가 평소에 메시지를 주고받으면서 가장 많이 발견하는 오류가 '~에요/~예요'인 것 같습니다. 일단 '~예요'는 '~이+에요'의 줄임말입니다. 앞에 오는 말에 받침이 있으면 '~이에요', 받침이 없으면 '~예요'를 사용하는 게 맞습니다. '그 동물은 곰이에요.' '아니에요, 판다예요.' 이렇게 말이죠. 그런데 '곰이예요. 아니예요, 판다에요'로 잘못 쓰는 경우가 많습니다. '~이었어요'와 '~였어요'도 마찬가지입니다. '그건 제 보물이었죠.', '그녀는 내 친구였는데……'가 바른 문장입니다.

많은 분이 어렵게 느끼는 문법 중에 시제가 있습니다. 시제 일치가 안 되는 경우도 많고, 언제 어떤 시제를 써야 하는지도 혼란스러워하는 것 같습니다. 한 문장 안에서는 술어의 시제를 일치시켜야 합니다. 그리고 자연스러운 문장 흐름은 시간 순으로 쓰는 겁니다. 선행하는 문장에 뒤 문장보다 앞선 시제를 쓰는 거죠.

예를 들면 '간혹 지금도 잠깐 동안 그 기분이 들 때가 있는데 하던 일을 제대로 하기 어려워졌다'는 문장을 볼게요.

이 글은 '~ 있는데 하던 일을 제대로 하기 어려워진다'로 시제를 일치시키는 게 좋겠죠. '지구상 특정 좌표에 모여 회의를 하던 사람들은 좌표가 없는 온라인 세계에서 만났다.' 이 문장은 시제가 바뀐 경우입니다. '하던'을 '했던'으로, '만났다'를 '만난다'로 바꾸는 게 맞습니다.

예문 3 나는 영어를 못한다. 그래서 지금은 회화 과외를 듣는 중이다. 일하면서 기획을 너무 못한다는 지적을 받았었다. 그래서 친한 선배한테 툭 까놓고 도움을 요청했다. 추천해준 책으로 열심히 공부를 시작했다.

이 글에서는 경험했던 일의 순서와 문장의 순서가 일치하지 않습니다. 기획을 못한다는 지적을 받고 선배한테 도움을 요청해서 책을 읽게 된 건 과거의 일이니까 영어에 관한 얘기보다 앞에 위치해야 합니다.

최근 젊은 층에서 유행하는 어투가 현재형인 것 같습니다. 현재형으로 쓰면 멋져 보인다고 생각하는 경향이 있는 듯한데, 현재형을 사용하면 독자에게 생생한 현장감을 제공해준다는 장점이 있긴 합니다. 그럼 현재형과 과거형을 비교해보겠습니다.

나는 글을 쓴다/나는 글을 썼다.

과거형은 내가 그 날 글을 썼다는 사실 그대로를 나타내는 문장입니다. 그런데 현재형은 유체이탈을 해서 내가 나를 내려다보듯이, 내가 글을 쓰는 모습을 위에서 객관화해서 바라보는 느낌입니다. 흔히 말하는 3인칭 시점이나 전지적 작가 시점으로 그 사람의 행동을 따라가는 식인 거죠. 다른 의미로는 글을 쓰는 사람이라는 나의 속성을 드러내는 문장이 되기도 합니다.

현재형을 쓰는 경우는 지속되는 상태나 속성에 대해서 언급할 때, 그리고 시점이 1인칭이 아닐 때입니다. 간단하게 말하면 우리가 쓰는 자연스럽고 평범한 문장은 현재형이 아닌 과거형입니다.

시제만큼이나 오류가 많이 보이는 부분이 직접 인용과 간접 인용입니다. 둘의 차이부터 짚어보겠습니다. 직접 인용은 누군가 한 말을 그대로 직접 옮기는 겁니다. 큰 따옴표로 표시하죠. 이와 달리 간접 인용은 그 사람이 한 말의 내용을 내가 간접적으로 전하는 겁니다.

예문 4 며칠 전 '아, 이 문제 이해를 못하겠네' 라는 나의 말에 친구는 '그거 챗지피티 써 봐' 라고 말했다.

직접 인용과 간접 인용이 혼용돼 있는 문장입니다. 간접 인용으로 제대로 고쳐볼까요?

☞ 며칠 전, 문제를 이해 못하겠다는 내 말에 친구는 챗지피티를 써보라고 했다.

이번엔 직접 인용으로 고쳐보겠습니다.

☞ 며칠 전, 나는 친구에게 물었다. "아, 이 문제 이해를 못 하겠네." 그러자 친구가 대답했다. "그거 챗지피티 써봐."

예문 5 내가 관심을 가지던 사람으로부터 조울증을 가졌다는 걸 고백했고 이런 말을 들은 적이 있다. "왜 조울증에 빠져나오지 못하고 계속 힘들어하느냐. 내 사촌은 장애를 가졌음에도 잘 이겨내며 살고 있다."

☞ ① 직접 인용 : 내가 관심을 가지던 사람에게 조울증에 대해 고백했다. 그러자 그 사람은 이렇게 말했다. "왜 조울증에서 빠져나오지 못하고

계속 힘들어해? 내 사촌은 장애가 있는데도 잘 이겨내며 살고 있어."

☞ ② 간접 인용 : 내가 관심을 가지던 사람에게 조울증에 대해 고백한 적이 있다. 그러자 그 사람은 내게 왜 조울증에서 빠져나오지 못하고 계속 힘들어하냐며 자기 사촌은 장애가 있어도 잘 이겨내며 살고 있다고 나를 꾸짖듯이 말했다.

참고로 작은따옴표를 사용하는 경우는 생각을 적을 때와 강조할 때입니다.

'구름이 꼭 토끼처럼 생겼네.' 이런 생각을 하며 멍하니 있었는데, 소위 '탐정'이라고 하는 사람이 다가와서 내게 말을 걸었다.

읽으면서 바로 이해할 수 있게 하려면 문장을 어떤 순서로 배치하느냐도 중요합니다.

'영화 속 배경들이 변하지 않고 남아 있었다. 둘째가 출근하던 전철역도, 세 자매가 밥을 먹던 가게도 그대로였다.'

☞ '세 자매가 밥을 먹던 가게도, 둘째가 출근하던 전철역도 그대로였다.'

순서만 바꿔도 보다 자연스러운 문장이 되고, 영화를 보지 않은 사람도 쉽게 이해할 수 있습니다. 대부분의 경우 크고 포괄적인 것에서 시작해서 작고 구체적인 것으로 좁혀지는 순서로 쓰는 것이 자연스럽습니다.

최근 어떤 책에서 언어를 배에 비유한 글을 읽었습니다. 요즘같이 정보가 쉴 새 없이 쏟아지고 한꺼번에 처리할 일이 많은 상황이라면 폭풍우 속에서도 안전하고 빠르게 목적지까지 데려다줄 수 있는 배가 필요하겠죠. 배를 잘 설계하고 튼튼하게 만드는 것만큼 그 배를 잘 관리하고 점검하는 유지와 보수도 중요할 겁니다. 그 유지 · 보수에 해당하는 게 수시로 맞춤법을 체크하는 게 아닐까 싶습니다.

독일의 철학자 요한 고틀리프 피히테는 책 『독일 국민에게 고함』에서 '언어가 인간에 의해서 만들어지기보다는 인간이 언어에 의해서 만들어진다'고 했습니다. 정확한 문법과 맞춤법, 올바른 어순에 주의를 기울이면서 말과 글을 쓰다 보면 나의 마음과 생각도 바로 서게 될 거라는 생각이 듭니다.

[9]

힘 있는 글, 힘 있는 문장

부드러운 것이 능히 단단한 것을 이기고

약한 것이 능히 강한 것을 이긴다.

● 노자

글쓰기 강의를 하면서 많은 분을 만나다 보면 글의 힘을 실감하게 됩니다. 펜이 칼보다 강한 건 물론이고, 말보다 글의 힘이 강하다는 것도 느낍니다. 우리가 잘 아는 이솝 우화 『북풍과 태양』이 떠오릅니다. 무조건 강한 바람으로 밀어붙인다고 나그네가 외투를 벗는 건 아닙니다. 오히려 외투를 더 세게 여밀 뿐이죠. 글도 마찬가지입니다.

태양처럼 은은하지만 기분 좋게 변화시키는 힘이 바로 글의 영향력이 아닐까 싶습니다. 나 자신뿐 아니라 내 주변 사람들, 더 나아가서 다수의 사람에게 영향을 미치고 싶은 마음에, 보다 힘 있는 글을 쓰고자 하는 것 같습니다.

힘 있는 글은 많은 이의 마음을 울리고 생각을 바꾸고 행동을 이끌어내죠. 특히 짧은 글에 힘이 있다는 걸 몸소 체험하면서 짧은 글에 매력을 느끼는 분이 많습니다. 제 강의를 찾는 분들도 그런 이유로 짧은 글을 선호하고 짧은 글을 쓰고 싶어 합니다.

같은 글이라도 힘이 느껴지는 글이 있습니다. 힘 있는 글이란 어떤 글일까요? 우선 그 글을 신뢰할 수 있어야 합니다. 쓰는 사람이 확실하게 확인해보지 않고 주저하며 애매모호하게 표현한 글보다는 자신감과 확신에 찬 글에서 당연히 힘이 느껴지겠죠. 내 글에, 내 문장에 확신을 가질 때까지 시간과 노력을 들이는 걸 아까워하지 않으셨으면 합니다.

더 많은 사람이 공감하고 영향을 받는 힘 있는 글이란 어떤 글이고, 글에 힘을 실으려면 어떻게 해야 하는지 살펴보겠습니다. 일단, 기본적으로 힘이 있는 문장은 어떤 형태일까요? 문장 자체만으로 힘 있게 느껴지는 글이 있습니다.

① 어제 저녁 서대문구에서 ○○ 사건 용의자가 경찰의 불심

검문으로 붙잡혔습니다.

② 어제 저녁 경찰이 서대문구에서 불심 검문 끝에 ○○ 사건 용의자를 붙잡았습니다.

어떤 문장이 더 힘 있게 느껴지십니까?

네, ①번 피동형 문장보다는 ②번 능동형 문장이 더 힘 있게 다가오죠. 힘 있는 문장으로 쓰고 싶다면 이렇게 능동형으로 쓰는 게 좋습니다. 능동형이라는 건 주어가 당한 게 아니라 주어가 무엇을 한 것, 동사와 서술어의 주체가 주어인 걸 말합니다. 그러니까 주어 중심의 화법이라고 할 수 있습니다.

우리말의 기본형은 능동형입니다. 그래서 우리가 말할 때나 글을 쓸 때, 능동형을 사용하는 게 훨씬 편하고 자연스럽습니다. 빙 둘러 말하지 않기 때문에 의미가 모호해지거나 오해가 생길 여지도 없고요. 그리고 문장 자체가 짧아진다는 아주 중요한 장점도 가지고 있습니다. 당연히 읽는 사람들에게도 능동형이 쉽고 직접적으로 와닿습니다.

능동형을 사용하는 게 가장 간단하게 문장을 힘 있게 만들고 글에 힘을 싣는 방법인데, 능동형으로 쓰기 위해서는 주어 선택이 중요합니다. 주어가 어떤 행위를 하는 주체가 되도록 써야 하니까요. 이렇게 대부분의 경우는 문장을 짧게 쓰고, 힘 있는 문장을 만드는 데 능동형이 도움이 됩니다.

그런데 피동형 문장이 읽는 사람에게 더 힘 있게 다가갈 때가 있습니다.

① ㄱ그룹 회장에게 항소심 재판부가 1심과 똑같은 형량을 선고했습니다.

② ㄱ그룹 회장에게 항소심에서도 1심과 똑같은 형량이 선고됐습니다.

①번 문장이 능동형인데도, 사람들에게 더 와닿고 더 힘 있게 전달되는 문장은 ②번입니다. 왜 그럴까요? 사람들이 더 관심 있는 주체는 재판부가 아니라 A그룹 회장이기 때문이죠.

그래서 많은 이의 관심 대상이 어떤 행위를 당한, 피동의 주체가 될 때는 그 대상 중심으로 술어를 택해서 사용하는 편이 더 힘 있는 문장이 됩니다. 예외적으로 능동보다 피동에 힘이 실리는 경우는 이때뿐입니다. 능동형을 사용하기 위해서 주어 선택이 중요한 것처럼 피동형에 힘이 생길 때도 주어를 잘 살펴봐야 합니다.

이렇게 능동형과 피동형은 그 쓰임에 따라 힘이 실리는 정

도가 달라지기 때문에 능동형을 쓰는 게 좋은지, 피동형이 더 나은지는 그때그때 선택이 필요합니다. 그 선택에 따라 주어를 결정하는 데에도 영향을 미칩니다.

조금 더 연습하는 의미로 다음 두 문장을 한번 볼까요?

예문 1 노동자들로부터 한 시간에 창출되어지는 가치는 크다

☞ 노동자들이 한 시간에 창출하는 가치는 크다

위의 문장은 피동 형태로 되어 있어서 문장도 길어지고 약간 둘러말하고 꼬아서 말하는 느낌도 들죠. 그래서 능동형으로 바꾼 아래 문장이 훨씬 직접적이고 간단합니다.

예문 2 한국 대표팀 의료진은 일단 다음 경기에 차질이 생길 정도의 부상은 없는 것으로 파악하고 있다고 밝혔습니다.

☞ 한국 대표팀 의료진에 의하면 다음 경기에 차질이 생길 정도의 부상은 없다고 합니다.

여기서는 위의 능동형보다 아래의 피동형이 더 직접적으

로 와닿습니다. 문장도 더 짧아졌고요. 관심의 대상이 의료진이 아니라 대표팀 선수들과 그들의 부상 정도이기 때문입니다.

능동과 피동을 적절하게 사용하는 것만으로도 더 전달력 있고 힘 있는 글을 쓸 수 있습니다. 능동과 피동을 능수능란하게 요리할 수 있는 테크닉을 기른다면 상대방을 잘 설득하고 상대방과 잘 소통할 수 있을 겁니다. 참고로 요즘 우리가 잘못 사용하고 있는 피동 형태가 있습니다. 겹치기 피동형이라고 할 수 있는데, 피동이 중복된다고 생각하시면 됩니다. 예를 들면 다음과 같습니다.

- 쓰여질 → 쓰일
- 불리어졌다 → 불리었다
- 잘려진→ 잘린
- 담겨져 있다 → 담겨 있다
- 놓여진 채 → 놓인 채
- 기억되어질 것이다 → 기억될 것이다

우리말의 기본형은 능동형이니까 헷갈릴 때는 술어를 기본형으로 바꾼 다음에 그 기본형의 피동을 생각해보면 됩니

다. '쓰여질'을 한번 바르게 바꿔볼까요? 기본형은 '쓰다', 능동이죠. '쓰다'의 피동은 '쓰이다'니까 '쓰일'이 맞는 표현입니다. 다른 것들도 이런 순서로 차근차근 생각해보면 제대로 된 능동형과 피동형을 사용할 수 있을 겁니다.

힘 있는 문장, 그리고 능동과 피동을 적절하게 사용하는 방법을 살펴봤는데, 반대로 글에 힘이 실리지 않는 경우가 있습니다. 말줄임표를 너무 많이 사용하는 겁니다. 말할 때 계속 말꼬리를 흐리면서 우물쭈물 얼버무리는 것과 비슷합니다. 확실하게 마무리를 짓지 않고 넘어가는 느낌이라 명확하게 와닿지도 않고 그 사람의 말은 믿음이 가지 않죠. 능동형 문장에서 자신감이 느껴져서 신뢰감과 설득력이 높아지는 것과는 반대의 효과를 내게 됩니다. 말줄임표는 독자들에게 여운을 주거나 생각할 거리를 던져주기 위해서 특별한 경우에만 적시적소에 사용하는 게 효과적입니다.

[10]

일관성이 있어야 설득과 소통의 힘이 커진다

글은 한 가지 테마로 작성되고, 모든 문장이
그 테마와 일맥상통해야 한다.

● 에드거 앨런포

앞에서 문장 자체로 힘이 있는 능동형과 피동형을 적절히 사용해서 글에 소통과 설득의 힘을 높일 수 있다는 걸 배웠습니다. 이번에는 설득과 소통의 힘을 지닌 글에 대해 조금 더 생각해볼까요?

많은 사람과 원활하게 소통하려면 그들의 공감을 이끌어내야 합니다. 일단 공감을 해야 설득력이 생기겠죠. 어떤 글의 내용이나 주장을 받아들이고 공감하려면 글을 읽으면서 계

속 수긍하며 따라갈 수 있어야 합니다. 이 얘기 했다가 저 얘기 했다가 결론이 계속 바뀌는 바람에 요점이 무엇인지, 무슨 얘기를 하고 싶은 건지 도저히 알기 어려운 글로는 읽는 이가 납득하고 공감하게 만들 수 없습니다.

글을 통해 원활한 소통을 하고 많은 사람을 변화시키려면 일관성이 필요합니다. 글뿐만 아니라 누군가와 대화할 때도 마찬가지입니다. 일관성이 있어야 설득과 소통의 힘이 커집니다. 일관성이 있다는 건 글의 흐름이 한 방향으로 흘러간다는 건데, 내 주장을 하나로 집중하고 통일해야 글에 설득력이 있습니다.

그런데 글을 쓰다 보면 내가 앞에서 한 말을 바로 다음 문장에서 부정하고, 다시 그 다음 문장에서 또 뒤집어서 제일 처음의 문장을 긍정하는 꼴이 되어버릴 때가 있습니다. 서론에서는 A가 맞다고 했다가 본론으로 넘어가서는 또 B라고 하고는 결론은 엉뚱하게 C로 마무리하는 경우도 있습니다.

단순한 예문을 들어보겠습니다.

"짧은 글은 좋은 글이다. 그런데 생각만큼 쓰기가 쉽지 않다. 하지만 짧으니까 괜찮다."

자신의 말을 연달아 부정하면서 자기모순에 빠지고 있습니다. '내가 처음에 무슨 얘길 쓰려고 했더라'하고 자문하게 되는 상황입니다. 그러면서 길을 잃거나 소위 글이 '산으로 가는' 때가 종종 있죠. 이럴 때는 잠시 멈춰 서서 초심을 떠올려야 하는데, 그게 잘 정리돼 있지 않으면 참 난감합니다.

글이 일관성을 유지하면서 한 방향으로 통일되게 흘러가도록 하려면 지향점, 목적지가 뚜렷해야 합니다. 그게 바로 '주제'입니다. 그래서 글을 쓰기 전에 내가 이 글을 통해서 말하려 했던 것, 말하고 싶은 것을 구체적으로 명확하게 정리해놓는 게 필요합니다. 그렇게 정리해놓은 내용을 메모해서 책상이나 컴퓨터 상단에 붙여놓고 글을 써 나가면 도움이 됩니다.

컴퓨터에 쓸 땐 화면 가장 윗줄에, 종이에 쓸 땐 가장 첫줄에 주제를 적어놓고 시작하는 것이 좋습니다. 왜 이 글을 쓰고 있는지 목적과 이유를 자신에게 상기시켜주기 때문에 확실한 동기 부여도 되고 일관성 있는 글이 나올 수 있습니다. 그냥 막연했던 내용들을 구체화시키고 요약하고 정리하면서 내가 쓰고자 하는 얘기가 더 뚜렷해지기도 합니다. 이렇게 내 안에서 딱 정리가 되고 나면 글에 속도감도 붙고, 글에 방향성이 생기면서 일관성 있게 글을 풀어가게 됩니다.

긍정의 화법: '그러나, 그런데'가 아닌 '그리고, 그래서'로 연결되는 문장 이어가기

내 글에 설득력이 생기려면 일관성을 유지하는 게 중요한데, 글을 써 나가는 중에는 이걸 확인하는 게 쉽지 않습니다. 검토하는 과정에서 내 글이 일관성을 유지하며 한 방향으로 잘 나아가는지 알아보는 아주 단순하고 간단한 방법이 있습니다. 바로 접속어를 통해 확인하는 겁니다.

접속어에는 두 부류가 있습니다. '그런데, 그러나'같이 앞의 내용을 부정하거나 반대되는 경우에 사용하는 역접 접속어와 '그리고, 그래서'처럼 앞의 내용을 긍정하면서 계속 이끌어가는 순접 접속어입니다. 접속어의 사용과 이야기의 연관성을 살피기 위해 누군가와 대화를 한다고 생각해볼까요.

상대방 얘기에 '근데'라는 말을 꺼냈다면 그 사람의 얘기에 동의하지 않거나 내용이 지루해서 이제 다른 화제로 전환하고 싶다는 무언의 압박을 하는 거죠. 반대로, '그리고, 그래서, 어떻게 됐어?'로 반응하는 경우는 어떤가요? 상대에게 동의해주고 관심을 보이면서 그 다음 얘기를 궁금해하는 것처럼 느껴지니까 말하는 사람도 더 신나서 얘기하고 분위기도 좋아질 겁니다.

더구나 글은 자신이 온전하게 풀어내는 이야기입니다. 내가 글을 쓰면서 계속 부정을 하고 있다면 뭔가 방향성에 문제가 있거나 정리가 제대로 안 돼 있는 거겠죠. '그러나, 그런데' 같은 역접 접속어는 비판의 대상을 먼저 제시하고 이를 반박하는 과정에서 등장할 수 있습니다. 그러나 이런 접속어가 자주 등장한다는 건 내 글의 방향이 일관성 있게 나아가고 있지 않다는 신호일 수 있습니다.

중간이든 마지막 점검이든 자신의 글에 '그러나, 그런데' 같은 역접 접속어가 너무 자주, 많이 등장한다면 그 부분을 다시 한번 잘 살펴보세요. 역접 접속어 앞뒤 문장이나 문단뿐 아니라, 처음부터 전체적으로 내용이 일관성을 유지하며 잘 이어지고 있는지 확인하고 방향을 다시 잡으면 됩니다. 눈에 잘 띄게 하기 위해서 완성된 글을 쭉 읽어보면서 역접 접속어가 등장할 때마다 빨간 펜으로 동그라미 표시를 하는 분을 봤는데, 그것도 좋은 방법일 듯합니다.

저는 이걸 "긍정의 화법: '그러나, 그런데'가 아닌 '그리고, 그래서'로 연결되는 문장 이어가기"라고 이름 붙였습니다. 긍정적인 단어를 많이 사용하는 게 읽는 사람에게나 쓰는 사람에게나 긍정의 감정을 심어준다고 하니까요. 긍정적인 접속어로 글의 일관성을 점검하면서 힘 있는 글을 쓸 수 있는

것처럼, 긍정적인 단어나 표현으로 내면의 에너지를 높일 수 있습니다. 그 에너지는 내 글을 읽는 사람에게 전해집니다. 그런 의미에서 접속어를 확인하고 수정하는 과정에서 표현이나 어휘도 같이 한번 살펴보면 어떨까 싶습니다.

마지막으로, 접속어라는 건 문장과 문장을 이어주는 다리 역할을 하는 겁니다. 문장과 문장 사이를, 그 거리를 최대한 좁혀서 다리가 필요 없게 해주는 게 가장 이상적이겠죠. 문장을 나열하고 배치하고 순서를 뒤바꿔보면서 접속어라는 다리 없이도 바로 건너갈 수 있는 방법을 고민해보는 것 역시 힘 있는 글을 쓰는 데 도움이 될 겁니다.

굳이 접속어 없이도 자연스럽게 이어지고 매끄럽게 연결되는 문장이 좋은 문장이라고 할 수 있습니다. 그렇다고 무작정 접속어를 다 빼버리면 문장들이 서로 연결되지 않고 뚝뚝 끊어져서 문장 하나하나가 각각의 섬으로 고립될 수 있습니다.

[11]

소재는 단어, 주제는 문장

세상에 재미없는 주제란 없다.

무심한 인간만이 존재할 뿐이다.

● 길버트 키스 체스터턴

강의를 듣는 분들에게 실습 과제를 내줄 때 소재나 주제를 정해주는 게 좋을지, 자유에 맡기는 게 좋을지 고민할 때가 있습니다. 쓸 거리나 쓰고 싶은 것이 무궁무진한 분이 있는가 하면 대체 뭘 써야 할지 막막해하는 분도 있어서입니다. 저는 대체로 본인이 가장 익숙하고 자신 있는 걸 쓰도록 권하는 편입니다.

잘 모르기 때문에 글이 길어지고 장황해진다고 했던 얘기,

기억하시나요? 자기가 잘 모르는 것에 대해서 쓰다 보면 어려운 단어와 어지러운 문장으로 가득한 장황한 글이 되기 쉽습니다. 그래서 처음 글을 쓸 때는 자신이 가장 잘 아는 것, 제일 자신 있는 것부터 쓰는 게 좋습니다. 내가 손에 잡을 수 있는, 작고 다루기 쉬운 것들로 시작하는 겁니다.

요리로 예를 들어볼까요? 요리가 아직 서툰데, 비싼 최고급 재료에 까다로운 불 조절이 필요한 음식부터 시도하면 부담도 크고 실패할 확률도 높겠죠. 라면이나 김치볶음밥처럼 내가 쉽게 할 수 있는 것, 내가 다룰 줄 아는 재료와 익숙한 조리법으로 조금씩 시도해보는 게 성공 확률도 높고, 요리 실력도 쌓이는 길입니다. 그러다 보면 나만의 레시피도 갖게 될 거고요.

나에게 유리한 소재나 주제를 찾아내는 게 글을 짧고 쉽게 쓰는 비결입니다. 쉽고 빠른 출발을 도울 수 있고, 지치지 않고 계속 쓰게 만드는 힘도 제공해줄 수 있습니다.

쓰고자 하는 주제도 너무 크고 거창한 것보다는 내가 감당할 만한 범위로 잡는 게 좋습니다. 또 주제를 명확하게 드러내기 위해서는 어렵고 복잡한 문제를 좁고 구체적인 것들로 쪼개고 나눠서 단순화하는 게 도움이 됩니다. 그렇게 줄여가는 과정에서 내가 정말 쓰고 싶은 것을 발견하기도 하고, 더 좋은 주제를 찾아낼 수도 있습니다.

무엇보다 내가 쓰기에 편한 글이 읽는 사람에게도 쉽게 전해진다는 사실을 다시 한번 떠올려보세요. 너무 방대하고 현실적이지 않은 주제는 공감력을 잃을 수밖에 없습니다. 누구나 공감할 수 있는 글에 힘이 있습니다.

물론 나만을 위한 글, 그저 내가 에너지와 힐링을 얻기 위해서 쓰는 글도 의미가 있겠지만, 더 욕심을 내자면 많은 사람이 공감해야 그 글에 생명력이 생기고, 강한 확산력을 얻게 되겠죠. 생명력을 가지고 꿈틀꿈틀 살아 움직이는 글이 멀리까지 가고, 그만큼 오래 기억될 겁니다.

글에서 생명력을 빼앗는, 글을 죽이는 세 가지가 있습니다. 나만 아는 단어, 나만 아는 표현, 나만 아는 얘기입니다. 아무리 파란만장하고 드라마틱한 삶이라도, 막상 많은 사람이 재미있다고 느끼는 건 완전히 100퍼센트 리얼한 얘기보다 그걸 바탕으로 많은 사람의 상상력과 감성을 자극하는 픽션이 가미된 얘기라고 합니다. 내 인생이 드라마 그 자체다, 내 얘기를 영화로 만들면 그 어떤 블록버스터 못지않다고 생각하더라도 나만 재미있는 이야기일 수 있습니다.

제가 방송을 만들면서 깨닫게 된 흥미로운 사실은 사람들이 대부분 너무 낯설거나 새로운 것보다 익숙한 것을 더 선

호한다는 것이었습니다. 그래서 '익숙하면서도 새롭고, 새로우면서도 익숙한' 게 프로그램의 성공 법칙이기도 합니다. 알 듯 모를 듯한, 쉽지 않은 일이죠.

제 강의를 들으셨던 한 분이 "방송작가는 자신이 하고 싶은 것보다 항상 시청자, 대중이 원하는 것을 해야 하니까 힘들겠다"고 하시더라고요. 아마 그렇게만 생각하고 일했으면 금방 한계에 부딪쳤을 것 같습니다. 제가 하고 싶은 것 중에서 다른 사람들도 좋아하는 건 뭐가 있을지, 많은 사람이 관심과 흥미를 가지고 있는데 나도 좋아하는 건 무엇일까를 생각해왔으니까요. 되돌아보면 결국 그게 해답이 아니었을까 싶습니다.

방송의 특성 중에 일상성이라는 게 있습니다. 방송은 다수의 공중을 만족시키기 위해 일상에서 벌어지는 일이나 우리가 살아가면서 겪을 법한 이야기를 다뤄야 한다는 건데요, 글도 마찬가지라고 생각합니다. 결국은 나에게 편하고 익숙해야 다른 사람들에게도 와닿습니다.

소재≒주제

많은 사람이 공감하려면 주제는 명료하고, 소재는 구체적이고 일상적으로 접할 수 있는 것이 좋습니다. 글을 쓸 때 소재와 주제를 혼동한 상태로, 혹은 동일하게 놓고 진행하는 경우가 많은데, 소재와 주제는 엄연히 다릅니다. 이 점을 분명하게 하지 않고 글을 써 내려가다 보면 글의 내용이 중구난방, 이 말 했다 저 말 했다 하는 식이 되거나, 요점이 흐려져서 쓰는 사람도 읽는 사람도 혼란스러워집니다.

소재는 글감, 무엇인가를 만들기 위한 재료일 뿐입니다. 완성물도 아니고, 완성물을 통해서 사람들에게 전해주는 어떤 감정도, 어떤 생각도 아닙니다. 그런 건 주제죠. 소재는 추상적인 관념어도 가능하지만, 주제는 그 관념이 명확하게 표현된 것입니다. 소재는 명사, 주제는 문장이라고 생각하면 이해하기 쉬울 것 같습니다.

예를 들어 소재도 사랑, 주제도 사랑인 글을 생각해볼까요? 사랑에는 자식에 대한 부모의 사랑, 연인 간의 사랑 등 다양한 형태의 사랑이 있을 겁니다. 그중에서 어떤 사랑에 대해 쓸 건지, 그 사랑의 어떤 면에 대해 얘기할 건지 선택하고 결정해야 합니다. 아무것도 정해놓지 않고 막막한 상태에서 써 나가다 보면 곧 길을 잃고 헤매게 됩니다. 일관성 없이 이 얘기 저 얘기 늘어놓다가 정리가 안 된 상태에서 마무리도 안 되고 난감한 상황에 봉착하겠죠.

게다가 '사랑'은 관념적인 단어이기 때문에 사람마다 떠올리는 게 다 다를 수 있다는 점도 글의 약점으로 작용합니다. 소재는 추상적이고 관념적이어도 상관없습니다. 그러나 주제는 명확하고 구체적이어야 합니다. 그래서 '사랑'이라는 단어는 소재로는 가능하지만, 주제로는 적절하지 않습니다.

'사랑은 강하다.' 범위를 더 좁혀서 '어머니의 사랑은 강하다'. 이렇게 구체적이고 명확하게 한 문장으로 정리한 다음에 그 주제를 가지고 글을 써야 한 방향으로 집중해서 나아갈 수 있습니다. 주제가 불분명하면 글의 내용이 인상적이지 않습니다. 그렇게 되면 당연히 내 의도는 전해지지 않습니다.

'자신의 제안을 한 문장으로 말할 수 없다면 그 아이디어가 잘못된 것이거나 잘 알지 못하는 것이다.' 할리우드 제작자 로버트 코스버그의 말입니다. 제가 글을 쓸 때나 말을 할 때 항상 가슴에 새기는 문장입니다. 내가 정말 하고 싶은 말, 전달하려는 바를 나 스스로가 정확히 알지 못하면 독자들이 이해할 가능성은 더 낮아지겠죠.

주변에 보면 같은 얘기라도 재미있게 말하는 사람이 있는가 하면, 얘기가 하도 지루하고 장황해서 '그래서 하고 싶은 말이 뭔데?'라는 질문을 부르는 사람이 있습니다. 장황하게 말하는 사람은 내 안에서 요점이 무엇인지 명확하게 잡혀 있지 않기 때문에 '요점만 짧게'가 안 되는 겁니다. 그러니까 말을 하든 글을 쓰든 먼저 이 요점이 무엇인지를 정리하는 게 중요합니다.

글을 시작하기 전에 주제를 확실하고 분명하게 정하고, 한 마디로 요점을 정리해놓는 게 안정적으로 글이 흘러가게 하는 요령입니다. 주제를 한 문장으로 명료하게 정리해서 계속 그 목적지를 바라보고 상기하면서 나아가세요. '구체적으로 적혀 있는 한 문장'이라는 게 중요합니다. 주제를 정리해놓은 문장이 모호하거나 장황하면 아무 의미가 없습니다.

단어 하나, 형용사 하나로 적어놓는 것도 마찬가지입니다. 우리가 계속 연습하고 있는 짧은 문장으로 만드는 게 가장 좋습니다. 생각을 거듭해서 구체적인 한 문장으로 압축하다 보면 처음엔 모호했던 생각이 선명해지면서 무엇을 말해야 할지, 무엇이 중요한지 알게 되기도 합니다. 이렇게 생각이 잘 다듬어지는 것만으로도 글쓰기는 한결 수월해집니다.

우리는 글을 쓸 때보다 말로 할 때 더 쉽고 간결하게 표현하는 것 같습니다. 그래서 머릿속에서 정리가 잘 안 될 때는 입으로 내뱉어보는 게 효과가 있기도 합니다. 친구한테 얘기한다고 생각하고 말을 해보거나, 내 말을 녹음하고 다시 들어

보면서 정리하는 것도 좋습니다. 쉽고 짧은 글을 쓰는 데에도 도움이 되는 방법입니다.

마지막으로, 하나의 제목을 단 글에 소재는 여러 개일 수 있지만 주제는 딱 하나라는 것도 잊지 마셨으면 합니다.

[12]

글의 설계와 구성

문학은 우리를 가르치지 않는다.

다만 감동을 주어 변화시킬 뿐이다.

● 요한 볼프강 폰 괴테

글에 대해 사람들이 흔히 하는 오해 중의 하나가 복잡하고 어려운 긴 글이 누군가를 잘 설득할 수 있는 논리적인 글이라고 생각하는 게 아닐까 합니다. 장황하고 긴 글은 오히려 집중력을 떨어뜨리고, 핵심을 흐려서 사람들을 어수선하고 산만하게 만들 수 있습니다. 짧은 글에 대해서도 짧은 글은 논리적이지 않다거나, 구성이 필요 없을 거라고 잘못 생각하는 분이 많더군요.

긴 글이든, 짧은 글이든 사람들을 설득하고, 사람들과 원활하게 소통하기 위해서는 글의 전개 방식과 구성이 중요합니다. 그래서 이번엔 글의 설계와 구성에 대해서 얘기해보려고 합니다.

순서와 배치가 글을 재미있게 만든다

요리도 조리 순서와 재료 비율에 따라 맛이 달라지듯이 글의 맛을 위해서도 순서와 배치, 분량 조절이 필요합니다. 그럼 글을 재미있게 만드는 구조는 어떤 걸까요?

오랜 세월 많은 사람들에게 검증된 이야기의 공식이 있습니다. 소설이나 드라마나 영화 같은 스토리가 있는 것들은 대부분 이 공식을 따르죠. 우리에게도 아주 익숙한 구조, '기승전결'입니다. 이야기를 단계적으로 축적해가면서 그 이야기의 발전 과정을 통해 전하고자 하는 메시지를 더 효과적으로 전달하는 방식이죠. 그래서 논리적인 글의 구성이기도 합니다.

기승전결은 글을 어떤 식으로 구성하고, 이야기를 어떻게 전개시켜 풀어 나갈지에 대해서 아주 좋은 길잡이가 되어주는 구조라고 생각합니다. 사실 방송 프로그램을 만들 때도 구성이 중요하기 때문에 이 기승전결의 룰을 따릅니다.

기승전결 네 단계 중 가장 중요한 건 '전'입니다. 사람들은 간혹 글의 주제가 '결'에 담긴다고 생각하곤 하는데, 내가 하고자 하는 말의 핵심 포인트가 드러나는 부분은 '전'입니다. 읽는 사람들이 가장 감동받고 영향을 받는 부분도 바로 '전'이고요. 그 앞에 있는 '기'와 '승'은 모두 '전'으로 가기 위한, 일종의 '빌드업'입니다. 이렇게 중요한 '전' 부분에 다른 사람의 생각이나 말을 인용한 내용으로만 가득 채운다면 그 글은 내 글이라고 할 수 없을 겁니다.

앞서 일관성 있는 글에 대해 언급한 부분에서 내 글이 길을 잃지 않고 한 방향으로 잘 흘러가게 하기 위해서 내가 하고자 하는 말, 즉 주제를 미리 한 문장으로 정리해놓고 시작하자고 했습니다. 저는 그 한 문장을 이 '전' 부분에 먼저 써놓고 나서, 이 얘기로 가기 위한 효과적인 '기'를 구상합니다. 제일 먼저 '전' 부분부터 쓰고, 그 다음에 '기', 그러고 나서 '기'와 '전'을 자연스럽게 이어가기 위한 '승'을 쓰는 식이죠.

쉽게 말하면 주제는 '전'에, 소재는 '기'에 배치하는 겁니다. 이렇게 시작점과 목적지를 정해놓으면 글쓰기가 훨씬 수월해집니다. 여러분이 감명받은 글이나 책을 되짚어볼 때도 그 글의 '전' 부분이 어디인지부터 파악하고, 그걸 위해 '기'와 '승'에 어떻게 살을 붙여갔는지 살펴보면 도움이 될 겁니다.

'결'은 '전'에서 풀어놓은 주제를 다시 한번 분명하게 확인시키는 부분입니다. 읽는 사람들에게 모든 것이 해소된 고요한 안정감과 여운을 남기는 부분이라고 할 수 있습니다. '결'에서 지금까지의 이야기를 차분하게 마무리해야 하는데, 뭔가 새로운 내용이 등장해서 다시 시작되는 느낌을 준다면 읽는 이의 마음을 어지럽히고 혼란스럽게 만듭니다. 아주 짧게 요약 정리한다는 생각으로 쓰세요. '전'의 내용을 최대한 압축해서 한마디로 재각인 시켜주고 끝낸다고 생각하면 됩니다. '결'이 길어지면 마무리가 바람 빠진 풍선처럼 흐지부지될 수 있습니다.

조심할 점이 있다면 '전'이나 '결' 부분에 자신이 전하고자 하는 바를 확실하게 전달하기 위해 너무 직접적으로 말하지 말라는 겁니다. 그렇게 하면 읽는 사람들에게 강요하고 가르치는 것 같은 느낌을 줄 수 있습니다. 말투나 어미 처리에서 너무 단정적이면 연설하거나 주장하는 것처럼 들려서 오히려 반감을 주거나 거리를 두게 한다는 점도 염두에 두세요. 직접적인 표현이 없어도 글을 다 읽고 나면 내가 담고자 했던 메시지가 읽는 이들에게 전해진다면 진짜 좋은 글이 아닐까 싶습니다. 이른바 '스며드는 글'이죠.

'전' 다음으로 중요한 부분은 '기'입니다. 사람들의 호기심과 흥미를 유발해서 읽고 싶게 만들고, 계속 읽게 만들어야 하니까요. '기' 부분에서 사람들을 궁금하게 만들고, 생각할 거리를 던져주면서 시선을 사로잡아야 합니다.

'기' 부분은 읽는 사람뿐 아니라 쓰는 사람에게도 중요합니다. '기'가 잘 서면 추진력과 자신감이 생겨서 '승전결'로 속도감 있게 이어집니다. 첫 문장은 더더욱 중요합니다. 제목만큼이나 그 글의 첫인상이 될 수 있기 때문에 간결하지만 강력한 한 문장으로 쾌조의 스타트를 끊을 수 있습니다.

'승'은 '기'에서 던져놓은 생각할 거리에 힌트를 주는 듯한, 그리고 '전'에서 드러날 주제 · 요점에 대해 비유나 비교를 통해 간접적으로 전하는 내용으로 채워 넣으면 됩니다. '승'은 '전'으로 가기 위해 꼭 필요한 다리이자 쉼터입니다. '전'에 담길 메시지를 더 강하게 만들거나 부각시키기 위한 단계니까요. 전체 글 중에서 차지하는 분량이 가장 길기 때문에 소홀히 할 수만은 없는 부분이기도 합니다.

이렇게 기승전결 각 부분에 들어가야 할 내용이 다릅니다. 내용마다 각각에 맞는 자리가 따로 있다는 얘기입니다. '승'에 들어갈 내용이 '전'에 있다거나 '기' 부분에 이미 '전'의 내용이 나와 있기도 하고, 내용들이 여기저기 분산되어 있는 경우도 있습니다. 자기 위치에 제대로 배치돼 있는지 검토해

보세요.

특히 '전'에 썼던 내용을 그대로 똑같이 반복해서 '결'에 적는 분이 참 많습니다. 그렇게 되면 '전'에서 강하게 느꼈던 메시지를 희석시킵니다. 차라리 그냥 '전'으로 끝내는 게 나을 수도 있어요. 또 '기'와 '결'을 대구처럼 만들어서 좀 더 강한 인상을 주고 싶을 때가 있습니다. 그런데, 잘못 하면 '기'의 내용이 '결'에 중복된 것처럼 느껴질 수도 있습니다. 다음 예문을 한번 살펴볼까요? 전체 글 중에서 '기'와 '결' 부분만 떼어낸 문단입니다.

[기] 7시! 알람도 울리지 않았는데 어김없이 눈이 떠진다. 오늘은 토요일이다. 평일은 7시에 시계를 맞춘다. 출근 준비를 하기 위한 나의 루틴이다. 주말은 늦잠을 자고 싶어서 모든 것을 꺼둔다. 하지만 주말에도 평일과 같은 시간에 기상을 한다. 심지어 불금을 보낸 다음날도 그렇다.

('승'과 '전' 부분 중략)

[결] 주말만큼은 느긋하게 늦잠 자고 빈둥거리다 일어나고 싶다. 하지만 20년간의 현대판 노예 생활을 하고 있어서 몸이 먼저 반응을 한다. 어릴 적 자유로운 한량 시절을 다시 즐길 수 있기를 기약하며 오늘도 7시에 기

상을 하여 하루를 시작한다.

그러면 겹치는 내용들을 빼고 줄이고 나눠서 고쳐보겠습니다.

[기] 7시! 알람도 울리지 않았는데 어김없이 눈이 떠진다. 그런데 오늘은 토요일이다. 주말만큼은 느긋하게 늦잠도 자고 빈둥거리다 일어나고 싶은데 몸이 먼저 반응한다. 심지어 불금을 보낸 다음 날도 그렇다.

[결] 20년간의 현대판 노예 생활의 결과리라. 자유롭던 한량 시절을 다시 즐길 수 있을 날을 기약하며 오늘도 저절로 떠진 눈으로 하루를 시작한다.

처음 글에 적혀 있던 왜 7시에 눈이 떠지는지에 관한 내용은 중략한 '승' 부분에 상세하게 나와 있었고, '전' 부분에는 20년간의 회사 생활에 대한 이야기가 있었습니다. 그래서 반복되는 내용들을 제거할 수 있었습니다.

그리고 '기'와 '결'을 맞추고 싶다면 '결' 부분에 그냥 '7시에 기상해서'보다는 '저절로 떠진 눈'이라는 표현이 더 좋지 않을까 싶습니다.

읽고 싶게 만드는 분량과 순서

그럼 이제, 기승전결 각각에 해당하는 분량을 한번 생각해보겠습니다. 가장 짧게 써야 하는 부분은 '결'입니다. 사실 '결'은 없어도 무방할 정도입니다. '전'에서 충분히 전해졌다면 오히려 '전'으로 글을 마무리하는 게 더 강력할 수 있습니다. '결'이 한 말을 또 하는, 군더더기처럼 느껴질 수도 있으니까요.

하지만, 주제가 제대로 담겨 있지 않은 상태에서 너무 성급하게 '전'으로 끝내버리면 쓰다만 글처럼 될 우려가 있습니다. 안전한 방법은 '결'까지 쓰고, '전'과 '결'의 내용을 꼼꼼하게 살펴보면서 중복된 부분을 덜어내는 겁니다.

그 다음으로 분량이 짧아야 하는 건 당연히 '기' 부분입니다. '기'가 너무 길어지면 사람들을 지루하게 만들어서 읽고 싶은 마음을 꺾어버릴 수도 있죠. 글 자체가 늘어진다는 느낌을 줄 수 있습니다. 기승전결 중 가장 신경 써서 짧은 문장으로 간결하게 써야 하는 부분입니다. '기'에 너무 많은 걸 한꺼번에 담으려고 하지 마세요. 화두만 던지고, 자세하고 구체적인 내용은 '승'과 '전'을 통해 읽게 만들어야 합니다.

가장 긴 부분은 '승'입니다. 다른 부분에 비해 전개가 좀 완만하고 느리게 흘러가는 부분입니다. 그러다가 '전', 클라이맥스에 다가갈수록 속도는 빨라지고 길이는 짧아집니다. 이런 식으로 기승전결의 분량을 지키는 것, 각각에 해당하는 내용을 적절하게 배치해서 전개시키는 것만으로도, 읽는 사람들이 논리적이고 재미있다고 느끼게 할 수 있기 때문에 설득력 있는 글을 쓸 수 있습니다.

제가 강의를 하면서 글쓰기 실습 과제를 내줄 때는 A4 한 장 분량에 맞춰 쓰게 합니다. 짧게 줄이고 쳐내는 연습과 함께 제한이 있는 글쓰기 훈련을 위해서입니다. 네 단락 구조에서는 기승전결 구조로 단락을 각각 하나씩 쓰면서 분량을 달리합니다. 다섯 단락 구조에서는 '승' 부분에 두 단락을 할애합니다.

제목을 포함한 글의 전체 길이가 A4 한 장 정도일 때 대략적인 분량을 가늠해본다면, 제일 짧아야 하는 '결'은 두 줄 혹은 두 문장입니다. '기'는 3~5줄, '전'은 5~7줄, 나머지는 '승'으로 배분해볼 수 있습니다. 이렇게 기승전결의 적절한 비율에 맞춰 분량을 조절하고 다듬어보면 불필요한 내용을 쳐내는 데 도움이 됩니다.

'승'의 길이가 '기'나 '전'에 비해 현저하게 짧다면 '승'에 들어가야 할 내용이 '기'나 '전'에 들어가 있지는 않은지 살

펴보세요. 그게 아니라면 내 주장과 핵심 내용이 담긴 '전'으로 이어지기 위한 발판이 '승'에서 충분히 구축되지 못한 겁니다. '승' 부분에 예시나 비유, 에피소드 등을 통해 조금 더 구체적으로 풀어서 써보세요.

이런 잘못들을 보다 쉽게 발견하기 위해서 각 문단 앞에 '기', '승', '전', '결'을 적어놓는 것도 좋은 해결책입니다. 글을 완성하고 나서 기승전결 각각에 맞는 내용이 제대로 위치하고 있는지 검토할 때도 바로 확인할 수 있어서 좋습니다.

팁을 한 가지 더 드리자면, 역접 접속어인 '그런데, 그러나'는 기승전결 구조에서 딱 한 번 등장하는 게 이상적입니다. 대부분은 효과적인 강조를 위해서 주제가 담기는 '전'을 시작하는 문단에 사용할 겁니다. 아니면, '승' 부분에 한 번 나오고 자연스럽게 '전' 부분으로 이어지겠죠. 그런데 '승'과 '전'에 반복해서 역접 접속어가 적혀 있다면 방향성을 다시 재고해봐야 합니다.

기승전결의 전개 방식에 익숙해지려면 시간과 노력이 필요합니다. 처음부터 너무 조급해하지 마세요. 일단 글을 다 완성하고 난 후에 한 단락이나 한 문단의 내용을 요약해서 정리해보면 전체 그림을 보고 다시 구조를 짜는 데 도움이 됩니다. 아니면 처음에 간략한 설계도나 순서도를 그려놓고 시작하는 것도 좋고요.

이 기승전결 구성이 어느 정도 익숙해졌다면, 그 다음 단계는 이걸 약간 비틀어보는 겁니다. 봄이 오니까 꽃이 피는 게 아니라 꽃을 피우기 위해 봄이 온다고 생각해보세요. 문장과 문장, 혹은 문단과 문단의 순서와 배치를 바꾸다 보면 어느 순간 최적의 배열을 발견하기도 합니다. 문장들을 어떤 순서로 배치하느냐, 문장과 문장 사이를 어떤 식으로 연결하느냐에 따라 글의 재미가 달라지거든요. 정교하고 치밀하게 계산된 배치와 구성이 평범한 글을 드라마틱하게 살려낼 수 있습니다.

읽고 싶게 만드는, 읽고 나서 깔끔하게 잘 썼다고 느끼는 구성이 기승전결의 룰을 살린 구성입니다. 구성에 따라 글 전체에 대한 느낌이 달라집니다. 그래서 완성된 글을 다시 읽어보며 정리할 때 제일 처음에 체크해야 하는 게 기승전결 전개 방식과 분량입니다. 사람들은 대부분 큰 그림을 먼저 보고 관심과 흥미가 생기면 더 작은 부분으로 들어가서 살펴보는 경향이 있기 때문에 구성이 무너지면 글쓴이가 심혈을 기울여 다듬은 단어나 문장이 읽히지 않을 수도 있습니다.

기승전결 각각에 들어가야 하는 내용과 분량을 지키는 것

말고도 문장을 어떻게 배치할지, 단어를 어떤 순서로 배열할지도 구성에서 중요한 부분입니다. 문단별로, 문장별로 따로 떼어 재배치해보면서 같은 내용끼리 묶다 보면 겹치고 반복되는 것들이 보이기 시작합니다. 그렇게 정리해가면서 글과 문장, 단어를 강화할 수 있습니다.

[13]

화룡점정, 제목 붙이기

글의 완성은 제목에 있다고 생각합니다. 그야말로 글의 화룡정점이라고 할 수 있을 것 같습니다. 마지막으로 용에 눈동자 점을 찍었더니 실제 용이 되어 하늘로 날아간 것처럼 말이죠. 제목은 사람들에게 내 글을 깊이 각인시키는 역할을 합니다. 그래서 제목 하나로 글에 날개를 달아줄 수도 있고, 용이 영영 날지 못하게 할 수도 있습니다.

제목은 그 글의 상표이자 이름입니다. 어떤 글을 읽을지 말지 결정하는 데 제목이 큰 역할을 합니다. 글의 도입부인 '기'나 첫 문장보다 더 중요할 수 있습니다. 글을 하나의 상품이라고 생각해본다면 그 상품을 대표하는 이름을 붙여야겠죠. 그리고 많은 사람이 관심을 가지고 매력적으로 느낄 수

있는 이름을 붙이고 싶을 겁니다. 그래서 제목이 무엇보다 중요하고 제목 짓기가 쉽지 않은 것 같습니다.

저도 제목 짓는 게 가장 어렵습니다. 제목 잘 붙이는 분들을 보면 참 부럽습니다. 방송에서도 프로그램 제목이 무척 중요합니다. 특히 새로 시작하는 프로그램에서 제목은 시청률을 좌우하고, 그 프로그램이 장수하는 데에도 영향을 미칩니다.

제목이 그만큼 중요하다는 걸 알기 때문에 욕심을 내게 됩니다. 제목에 많은 의미를 담고 싶고, 표현이나 단어도 세련됐으면 하는 마음이 들죠. 이것저것 집어넣다 보면 길어지게 마련이고, 낯설고 어려운 제목이 탄생하게 됩니다. 저도 주말 버라이어티 예능 프로그램에 그런 제목을 붙였다가 아무도 기억하지 못하는 바람에 시청률이 낮아서 두 달 만에 제목을 바꿨던 경험이 있습니다. 결국 바꾼 제목으로도 그 프로그램은 오래 가지 못했습니다.

방송가에서는 KBS 예능 프로그램 〈1박 2일〉이 잘 지은 제목 중의 하나로 꼽힙니다. 짧아서 기억하기 쉽고, 한 번만 들어도 누구나 금방 이해할 수 있기 때문에 친근하게 다가갈 수 있습니다. 제목만 듣고 어떤 프로그램인지 짐작할 수 있다는 것도 장점입니다. 시청자들의 선택을 더 수월하게 만드니까요.

제목도 짧고 쉽게!

좋은 제목 역시 짧은 글쓰기와 같은 원칙이 적용됩니다. '짧고 쉽게'죠. 기억에 남으려면 한 번에 읽고 바로 기억하기 쉬워야 합니다. 짧고 쉬울수록 임팩트가 있습니다. 제목에 너무 많은 걸 담으려고 하면 안 됩니다. 제목이 너무 길거나 제목에 이미 내용이 다 담겨 있으면 글을 읽고자 하는 마음조차 생기지 않습니다.

단어가 간단하고 어렵지 않아야 기억하기 쉽고 머릿속에 인상적으로 오래 남습니다. 너무 어려운 단어나 수식어가 많을수록 글을 읽기도 전에 제목에서 지쳐버릴 수 있습니다. 형용사나 부사 같은 수식어를 남발하지 말고 가장 적합한 것 하나만 찾아내세요. 제목에 글의 주제가 반영되어 있으면 좋지만, 전체 내용이 요약 정리되어 있는 듯한 제목은 글에 대한 호기심을 싹둑 잘라냅니다. 제목을 지을 때도 짧은 단어가 강력한 단어라는 걸 기억하시기 바랍니다.

사람들의 관심과 흥미를 끌기 위해서 제목만 그럴싸하게 붙이고 막상 글의 내용과는 연관이 없으면 글에 대한 평가와 글쓴이에 대한 신뢰를 모두 잃을 수 있습니다. 게다가 제목은 글의 첫인상이기 때문에 그 글에 대한 선입견과 기대치를 부여합니다. 그래서 적정한 수위의 정확한 표현이 중요합니다. 제목이 너무 거창하면 그만큼 읽는 사람의 기대치를 높여서 글을 다 읽고 난 후에 실망감이 더 커질 수 있습니다.

〈1박 2일〉처럼 제목만 보고도 살짝 짐작이 가도록 하면 읽는 이들이 더 쉽게 접근할 수 있습니다. 제목과 글의 내용이 호응되게 지으면 금상첨화입니다. 글의 내용 중에서 뽑아 제목에 활용하거나 제목을 활용해서 글의 본문에 반영하거나 하는 식으로요.

흥미를 유발하고 호기심을 자극해서 읽게 만들고자 하는 욕심 때문에 질문을 던지는 식으로 제목을 붙이거나 첫 문장을 시작하는 경우를 종종 봅니다. 사실 사람들의 이목을 끄는 가장 쉬운 방법이죠. 이 경우는 본문에 질문에 대한 답이 들어 있어야 합니다. 명확하고 구체적으로 답을 제시하지 않더라도 글을 다 읽고 나면 독자들의 머릿속에 답이 떠오르도록 써주는 게 좋습니다. 질문만 던져놓고 전혀 다른 내용이 전개되거나 답을 알 수 없는 내용들뿐이라면 읽는 이의 마음을 얻을 수 없습니다.

또 하나 잊지 말아야 할 점은 글이라는 건 다수를 대상으로 하지만 내 글을 읽을 때는 1대 1로 만난다는 겁니다. 독자 한 사람 한 사람이 각자 개인적으로 내 글과 마주합니다. 그래서 제목을 지을 때도 모두의 마음에 다가가려면 한 사람에게 말하는 식으로 쓰라고 합니다.

제목뿐만 아니라 글을 쓸 때도 구체적으로 어떤 한 사람을 생각하면서 쓰는 게 짧고 쉽게 쓰는 데 도움이 됩니다. 아무래도 대상을 확실하게 정하고 쓰면 목적도 분명해지고 단어나 어휘를 선택할 때 수준과 수위를 잘 맞출 수 있습니다. '세상의 절반, 여성으로서 김지영 씨가 대한민국에서 살아간 이야기'보다는 '82년생, 김지영'이라는 제목이 짧으면서도 궁금증을 유발하고 개개인에게 다가가는 느낌이라 많은 사람에게 더 인상적인 제목이 됐을 겁니다.

언론 · 미디어에 종사하는 사람들 사이에서 꼭 읽어야 한다고 소문난 책이 있습니다. 『디즈니만이 하는 것』이라는 제목의 책입니다. 디즈니사를 위기에서 구한 CEO로 평가받는 밥 아이거가 최고의 자리에 오르기까지의 경험담과 디즈니를 운영해온 방식을 담았습니다. 저도 참 감명 깊게 읽었습니다. 이 책의 원제는 'THE RIDE OF A LIFETIME'입니다. 아마 우리나라에서 원제목 그대로 책을 냈다면 그 정도의 이목을 끌지는 못했을 거라 생각합니다.

그에 비해 개인적으로 참 좋아하는데, 그게 알려지지 않은 책이 『스마트 브레비티』입니다. 저와 마찬가지로 짧은 글의

힘을 피력하면서 짧게 쓰기를 강조하고 있어서 주변 사람들에게 추천하곤 하는데, 한 번에 알아듣는 사람이 없더군요. 원제목 그대로 우리나라에서 출간된 것 같은데, 영어인 데다 우리에게 익숙한 단어도 아닙니다. 방송 프로그램도 그렇지만 많은 사람에게 전해지려면 입소문이 중요한데, 어렵고 낯선 단어는 파급력이 높지 않습니다.

마지막으로, 여러분은 제목을 언제 붙이는 편이신가요? 처음 시작할 때 제목부터 짓고 글을 쓰시나요? 아니면 글을 다 쓰고 난 다음에 맨 마지막에 제목을 붙이시나요? 저는 제가 쓰고자 하는 글에 어울릴 것 같은 제목을 위에 써놓고 시작한 다음에 다 쓰고 나서 제목과 글의 내용이 부합하는지 다시 한번 검토해서 최종적으로 제목을 붙입니다.

이렇게 더블 체크를 하니까 제목과 글이 따로 노는 실수를 좀 줄일 수 있었습니다. 다만, 처음에 제목을 붙일 때 먼저 주제를 정하고 그 주제를 위한 소재를 고르는 과정이 포함되어 있습니다. 좋은 글은 제목을 읽고 든 생각을 가지고 글을 읽어 내려가면서 납득이 되고, 다 읽고 난 후에 제목을 다시 한번 상기하면서 감탄하게 되는 글이 아닐까 싶습니다.

[14]

살아 움직이는 글

모든 좋은 말에는 그보다 좋은 침묵이 담겨 있다.

• 토머스 칼라일

글을 쓰다 보면 어느 순간 갑자기 내 글에서 생동감이 사라지면서 너무 평범하게 느껴지는 때가 있습니다. 그러다가 글을 쓰고 싶은 의욕마저 꺾이기도 하죠. 그럴 때 글에 생명을 불어넣어서 죽어 있는 듯한 글을 살아 움직이게 하는 방법은 없을까요? 밋밋하고 평면적인 글을 활기차고 입체적으로 만드는 방법은 무엇일까요?

대부분의 사람들은 본인의 글이 가능한 한 멀리 퍼져서 더 많은 사람에게 더 오래 기억되길 바랍니다. 아무래도 꿈틀

꿈틀 살아 움직이는 글이 강한 확산력을 갖겠죠. 더 강력하고 기억에 남는 생생한 표현법은 사람들의 오감을 자극하는 글입니다. 읽으면서 어떤 이미지나 소리가 생각나게 하는 글이라면, 선명한 인상을 남겨서 잊히지 않게 하는 효과가 있다고 합니다. 문득 어떤 냄새를 맡았을 때 그 향과 관련된 과거의 기억이 떠오르는 것과 같은 이유겠죠.

그래서 그냥 차가 아니라 구체적으로 빨간 스포츠카, 그냥 나무가 아니라 플라타너스, 이런 식으로 읽는 이들이 시각적으로 떠올릴 수 있도록 써주면 더 오래 기억한다는 겁니다. 그런 면에서 '하얀 눈'이나 '붉은 체리'는 중복 어휘일 수 있지만 감각을 자극하는 데에는 도움을 줄 수 있습니다. 그리고 이런 표현들이 글을 더 다채롭고 풍성하게 만들 수도 있고요.

> "마트에 들어서자마자 코를 훅 치고 들어오는 강렬한 향! 홀린 듯 고개가 돌아가고, 정신을 차려보니 눈앞이 온통 붉다. 향긋한 내음을 풍겨대며 작은 씨가 앙증맞게 박힌 그 탐스러운 열매를 마주친 순간, 내 머릿속을 지배하는 건 오직 본능뿐이다. '아! 어쩜 좋아, 너무 먹고 싶어.'"

제 강의를 들으셨던 수강생 한 분의 글인데, 이 글을 읽고 다들 한동안 딸기가 눈앞에 어른거리면서 먹고 싶다는 생각에 사로잡혔던 기억이 납니다.

머릿속에 그림이 그려지는 글, 읽으면서 영상이 바로 떠오르는 글을 쓰기 위해서 연습하기 좋은 방법이 있습니다. 빨간색이라는 말은 쓰지 않고 루비, 토마토, 불꽃 같이 빨간색을 떠오르게 하는 단어들을 사용해서 써보는 겁니다. 위에 소개한 글도 그런 연습을 위한 글이었습니다. 마찬가지로 청각을 자극하기 위해 '소리'라는 단어는 사용하지 않고 '소리'에 대한 글쓰기도 해볼 수 있겠죠. 이 연습은 굳어진 머리를 말랑말랑하게 만드는 워밍업으로도 좋습니다.

> 밖에서 <u>쿵쿵</u> <u>기계음</u>이 들렸다.
>
> 좋아하는 <u>음악</u>을 <u>들으면서</u>
>
> 추리소설을 읽고 있을 때였다.
>
> 나는 <u>노래</u>를 <u>흥얼거리며</u> 책 읽기를 좋아하는데,
>
> 계속되는 <u>소음</u> 때문에 짜증이 났다.

위의 예문처럼 의성어와 다양한 표현을 통해 소리를 전할 수 있습니다. 시각이나 청각 하나만 가지고 연습해볼 수도 있지만 후각, 촉각, 미각을 추가하거나 섞어서 써보면 더 높은

수준과 강도로 뇌를 자극하고 글솜씨를 단련할 수 있습니다. 이렇게 오감을 건드리는 글은 읽는 사람 각자의 감각을 자극하기 때문에 글을 읽고 있다는 생각보다는 뭔가를 직접 경험하고 있다는 느낌을 줍니다. 그래서 글에 대한 거리감을 줄이고 그 안에 빠져들게 만들기도 합니다.

글이 막힐 때 '나는 ~을 보고 있다'는 생각으로 글을 시작하는 것도 좋은 방법입니다. 이렇게 상황을 설정하면 감각적이고 외향적인 시점으로 글을 쓸 수 있습니다. 반대로, '나는 ~을 생각한다'로 글을 쓰기 시작하면 머리에 의존하고 내면에 집중하게 됩니다. 감각적인 글을 쓰기 위해서는 '말하지 말고 보여주는' 방법도 있습니다. 마치 내가 지금 보고 있는 것을 그대로 글로 묘사하는 듯한 방식입니다.

"아파트 단지 사이를 걸어서, 상가 앞에 도착했다. 간판도 없었다. 두리번거리다 가파른 지하 계단을 내려갔다. 무대로 보이는 공간과 30명 정도 앉을 수 있는 의자가 놓여 있었다. 벽에 걸린 작은 현수막에는 마을문화창작소라고 쓰여 있었다. 마치 대학 시절 동아리방에 온 듯한 착각이 들었다. 감성 조명 불빛 아래 테이블에는 복사된 대본들과 약간의 간식이 놓여 있었다."

이 글 역시 그런 연습의 일환으로 작성된 수강생의 글입니다. 한 번도 가본 적 없는 곳임에도 그 장소가 머릿속에 그려지면서 그곳의 공기나 분위기가 느껴지죠.

제가 드라마작가 지망생들을 가르칠 때 강조하는 점이 있습니다. 드라마는 영상화를 전제로 해서 쓰기 때문에 어떤 표현이나 설명을 할 때 장면을 떠올리며 묘사해야 한다는 겁니다. 예능 프로그램이나 다큐멘터리도 마찬가지입니다. 대본을 쓸 때 그 상황이나 그림을 머릿속에 그려보면서 적어나갑니다. 현장에서 실제로 직접 보면서 쓰고 있는 것처럼 말이죠.

그렇게 쓰다 보면 드라마의 캐릭터들이 눈앞에서 생생하게 살아 움직입니다. 어디에 어떻게 서 있는지, 뒤에는 무엇이 있고, 어떤 행동을 하고 있는지가 잘 드러나는 디테일한 표현이 가능해집니다. 내 글을 읽는 이에게 감각적이고 생동감 넘치는 경험을 심어주고 싶다면 내가 먼저 아주 구체적으로 하나하나 그 모습들을 상상하면서 표현하고 묘사해보세요. 그렇게 연습하다 보면 표현력도 좋아지고 글도 풍성해질 겁니다.

비슷한 효과를 내는 게 큰 따옴표를 사용한 대화체입니다. 어떤 사람의 말이나 주고받은 대화를 직접 인용으로 넣어주면 그 사람의 말이 귓가에 들리는 것 같고 그 장면이 자연스럽게 떠오르기 때문에 더 시각적으로 느껴지게 됩니다. 다만

읽고 나면 그 부분만 선명하게 기억에 남아서 의도치 않게 강조점이 달라질 수 있습니다.

저는 '짧은 글의 힘'을 강의하고 있지만 글쓰기 지도를 하다 보면 화려체를 잘 쓰는 분들이 있습니다. 화려체는 비유와 수식이 많아 화려하고 선명한 인상을 주기 때문에 이런 감각적인 글에 도움이 될 거라는 생각이 들지도 모릅니다. 하지만 자칫 잘못하면 만연체가 되어서 장점을 잃고 지루해질 수 있습니다.

글의 구성 단계별로 적합한 문체가 있는데, 화려체는 기승전결 중 '승' 부분에서 구사하면 그 장점을 극대화할 수 있습니다. 글의 반전과 클라이맥스로 이어지는 징검다리인 '승' 부분에서 화려체는 긴장을 고조시키는 빌드업 역할을 충실히 해냅니다. 대신 '기'나 '전' 부분을 간결체나 건조체의 단문으로 구성하면 오히려 대비가 되면서 서로 부각되는 효과도 노릴 수 있습니다.

많은 분의 글을 접하다 보면 글쓴이 각자가 가진 장점이 다르다는 걸 새삼 느낍니다. 그래서 글쓰기에서 자신의 강점과 글 스타일을 아는 건 중요합니다. 특히 요즘은 딱히 문제는 없지만 평범한 글보다 살짝 부족해도 개성 넘치고 색깔 있는 글이 더 각광받는 추세입니다.

화려체를 잘 쓰는 분이라면 화려체를 다 버리고 억지로 건조체로 바꾸려고만 하기보다는 내 강점인 화려체를 어디에 어떻게 활용해야 더 큰 효과가 날지를 고민하는 편이 더 좋은 글을 탄생시킬 수 있습니다. 수식어의 개수를 줄이는 대신 소수의 표현에 집중하는 것도 방법일 겁니다. 단점을 찾아내서 없애는 방향보다는 장점을 키워 나가는 게 색감 있는 글을 쓰는 데 도움이 됩니다.

글에 생명력을 불어넣는 생략과 함축

사람들의 기억에 오래 남는 글을 위해 하나 더 추천하고 싶은 방법이 있습니다. 생략과 함축을 적절하게 이용하는 것입니다. 그림책 작가 시드니 스미스는 '내가 쓴 글을 거의 한 단어 건너서 지워야 한다. 그렇게 하면 글에 생동감이 넘친다'고 했습니다. 너무 구구절절 자세히 다 설명하려고 하면 글을 읽는 사람의 흥미를 떨어뜨릴 수 있습니다.

어디까지를 확실하게 드러낼지, 어떤 부분을 숨기거나 생략해서 읽는 사람이 생각하게 만들지를 고민해서 쓴 글이 사람들에게 더 오래 기억됩니다. 비어 있는 부분에 자신의 경험

과 감정을 채워 넣어서 읽으면 그 글에 더 공감이 되고, 자신의 상상력이 가미되어 더욱 강렬한 느낌을 받으니까요. 특히 어떤 장면이 그려지는 글에서 생략과 함축이 더 빛을 발합니다. 다음 두 글을 비교해보세요.

1. 나는 그날 급식 당번이라 급식을 나르고 있었다. 교실에서 50원이 굴러가는 것이 보였다. 가정이 해체되고 할머니, 할아버지와 살던 나는 용돈을 따로 받지 않았다. 그래서 50원에 눈이 돌아가 그것을 급하게 주웠다. 줍는 순간, 누가 너네 엄마 왔다고 나에게 전한다.

고개를 드니 창 밖에서 엄마가 나를 불렀다. 3년 만에 보는 엄마. 엄마는 매우 낯선 노란색으로 염색한 헤어스타일을 하고 있었다. 나는 곧장 엄마를 지나쳐 미친 듯이 학교를 벗어났다. 슈퍼 앞 공중전화에 50원을 넣고 할아버지에게 전화를 했다. 무슨 일이냐고 묻는 할아버지의 말에 '어떤' 단어가 생각이 나질 않았다. '엄마', 라는 단어가 기억이 났고 너무 오랜만에 쓰려는데 도무지 입 밖으로 나오지 않았다. 결국 나는 엄마의 '이름'을 말했다.

그리고 학교 운동장에서 아이들이 노는 것을 구경했다. 그러다 교정 쪽을 보니 엄마가 할아버지의 손에 이끌려 학교에서 벗어나는 게 보였다. 그게 늘 맛있는 음식을 해주고 영화를 좋아하던 엄마의 마지막 모습이었다.

2. 급식을 나르던 중 50원이 굴러가는 것이 보였다. 급하게 줍는 순간, 엄마가 왔다고 누군가 전했다. 고개를 드니, 3년 만에 보는 엄마는 매우 낯선 노란색으로 염색한 헤어스타일을 하고 있었다. 나는 그대로 엄마를 지나쳐 미친 듯이 학교를 빠져나갔다.

공중전화에 그 50원을 넣고 할아버지에게 전화를 했다. 무슨 일이냐고 묻는 할아버지의 말에 '어떤' 단어가 생각이 나질 않았다. '엄마'라는 단어가 간신히 떠올랐지만 도무지 입 밖으로 나오지 않았다. 결국 나는 엄마의 '이름'을 말했다.

그러고는 한참을 멍하니 아이들이 노는 것을 바라봤다. 눈을 들어 교정 쪽을 보니 엄마가 할아버지 손에 이끌려 학교를 벗어나고 있었다. 그게 내 기억 속 엄마의 마지막 모습이었다.

모든 장면들이 너무 상세하게 설명되어 있는 첫 번째 글보다는 적절하게 생략되고 함축되어 있는 두 번째 글에서 더 많은 상상이 펼쳐질 겁니다. 하지만 생략과 함축을 남발하면 건너뛰는 부분이 많아져서 독자의 이해는 떨어질 수밖에 없습니다. 그 적절한 선을 지키는 게 관건입니다.

[15]

전략적 글, 자기소개서

나는 오직 내 자신을 연구하고 고찰할 수 있을 뿐이며
설령 내가 내 밖의 어떤 것을 연구한다 하더라도
그것은 단지 그것을 내게 적용시키기 위한 것에 지나지 않는다.

• 미셸 드 몽테뉴

요근래 글쓰기 강의를 듣는 분 중에 자기 자신에 대한 글을 쓰고자 하는 분들이 많아지고 있습니다. 그런 분들의 목적은 크게 둘로 나뉩니다. 하나는 자신을 홍보하기 위한 것, 나머지 하나는 자신을 알아가는 과정을 통한 힐링입니다.

나를 널리 알리기 위함이든, 나를 돌아보기 위함이든 나 자신에 대해 쓰는 글만큼 어려운 글도 없는 것 같습니다. 하지만 꼭 누군가에게 보여주고 공감을 얻지 않더라도 나와 온전히 만나는 시간을 갖는 것, 그저 쓰는 것만으로도 많은 걸 얻을 수 있다는 생각이 듭니다.

강의를 하면서 많은 분의 글을 읽다 보면 말보다 글이 더 솔직하다고 느끼게 됩니다. 글에는 자기 자신이 드러날 수밖에 없고 글쓴이의 성격과 직업이 보이기도 합니다. 어떤 감정과 어떤 생각으로 그런 글을 그렇게 쓴 건지 느껴지기도 하고요. 그런 면에서 나를 더 깊이 들여다보고 나에 대해 알아가는 방법으로 글쓰기가 참 좋은 도구인 것 같습니다.

나라는 상품 팔기, 자기소개서

아마 많은 분이 가장 쓰기 어렵고 써야 하지만 쓰기 싫은 글이 자기소개서가 아닐까 싶습니다. 저 역시도 자기소개서 쓰는 게 가장 힘듭니다. 일단 나는 어떤 사람인지에 대한 질문에 답하는 것부터 쉽지 않습니다. 내가 생각하고 떠올리는 모습이 진정한 나의 모습인지, 내가 되고 싶은 모습인지, 다른 사람에게 보이는 모습인지 의문이 들면서 헷갈리기도 하죠. 오히려 다른 사람이 나에 대해 더 잘 알고 있는 것 같을 때도 있습니다.

나라는 사람에 관해 제대로 파악하려면 객관적으로 나를 바라보는 것부터 시작해야 합니다.

나라는 상품을 팔기 위해서 어떤 부분을 어필할지 생각해야 하는데, 우선은 나의 장점을 하나씩 나열해보면서 살펴봐야겠죠. 장점을 나열할 때 명사, 형용사, 문장 등 여러 표현으로 써보는 것도 도움이 됩니다. 명사로만 생각했을 때는 떠오르지 않던 것들이 형용사나 문장으로 표현해보면 새삼스레 기억나기도 하거든요.

이렇게 하나씩 써 나가다 보면 나라는 사람이 보이고 나 자신과 좀 더 가까워지는 느낌이 들기도 합니다. 그러면서 나를 긍정적으로 파악하고 나면 좀 더 자신 있게 자기소개서를 쓸 수 있습니다.

나의 장점이란 타인과 비교했을 때 뛰어나고 우월한 점이 아니라, 내가 가진 많은 것 중에서 좋은 무엇이라는 글을 읽은 적이 있습니다. 이렇게 조금 다른 관점에서 바라보면 자기가 가진 새로운 면을 발견할 수 있을 겁니다.

자소서에도 짧은 글의 원칙 적용

충분히 열거했다고 느껴지면 이제 짧은 글쓰기의 원칙을

적용해볼 차례입니다. 나라는 사람을 가장 잘 표현할 수 있는 단어나 어휘를 추려내서 선택하는 과정이 필요합니다.

아무리 나라는 상품의 가치가 높고 가진 장점이 많다 하더라도 그 회사에서 필요로 하는 것들과 맞지 않으면 안 됩니다. 그래서 구인 공고와 해당 회사의 홈페이지를 꼼꼼하게 살펴보는 작업이 선행되어야 합니다. 의외로 그곳에 답이 나와 있는 경우가 많습니다. 그쪽에서 원하는 인재상과 자격 조건들을 정리해서 리스트업을 해보고, 그중에서 나의 장점과 겹치는 것을 서너 개 정도 골라냅니다. 너무 많은 걸 부각하려고 하면 그 어느 것도 살리지 못한다는 걸 기억하세요.

대부분의 회사에서는 항목을 나눠 질문에 답하는 방식으로 자기소개서를 작성하도록 해놓았죠. 그 질문 역시 잘 읽어보면 중요하게 강조해서 써야 하는 부분이 무엇인지를 알 수 있습니다. 글자 수가 제한되어 있기 때문에 딱 그 부분만 충분히 드러나도록 쓰면 됩니다. 나라는 사람이 가진 자산이나 가치를 각 항목에 맞게 나눠서 배분하는 것도 필요합니다.

나의 장점을 피력할 때는 너무 직접적으로 언급하기보다 적절한 에피소드를 섞어서 간접적으로 표현하는 게 좋습니다. 어떤 일을 통해서 나의 이런 면을 확인했다거나, 나의 이런 면 덕분에 문제에 잘 대처했고 성공적으로 해결할 수 있었다, 혹

은 그 경험을 통해 이런 면을 배웠다는 식으로 말입니다.

이야기가 너무 길거나 여러 가지의 장점을 뒤섞는 내용은 피하는 게 좋습니다. 내가 어필하고자 하는 장점 하나만 강하게 드러날 수 있는 분명한 에피소드를 골라내서 간략하게 쓰는 게 포인트입니다. 너무 욕심내면 정해진 분량 때문에 정작 써야 할 내용을 빠뜨릴 수 있습니다.

단어 하나하나에도 다 이유가 있어야 한다는 생각으로 써 보세요. 어린 시절 얘기든, 아르바이트에 관한 것이든, 그 일화를 통해 자신의 장점이 확실하게 느껴져야 합니다. 나에게 중요한 경험이 상대방에게도 잘 이해될 수 있도록 정확하고 간결하게 쓰세요. 내가 쓴 글을 통해 내 능력과 자질을 빠르게 알아챌 수 있도록 하는 게 요점입니다.

읽는 사람에게 보다 효과적으로 나라는 사람을 인식시키려면 순서와 배치도 고려하면서 글을 구성하는 것이 좋습니다. 나의 장점을 내 의도대로 전달하기 위해 어떤 얘기로 시작해서 어떤 방식으로 풀어 나갈지, 내가 가진 장점들을 어떤 순서로 배치할지를 생각해봐야 합니다.

우리가 경험하는 순서에 따라 많은 프레임이 결정된다는 얘기를 읽은 적이 있습니다. 예를 들어, 어떤 사람에게 '지적이다, 고집이 세다, 부지런하다, 비판적이다' 이렇게 네 가지

특성이 있다고 합시다. 이 특성을 어느 순서로 배열하느냐에 따라 그 사람에 대한 평가나 이미지가 달라진다고 합니다.

'지적이다, 부지런하다'라는 긍정적인 단어 다음에 '고집이 세다, 비판적이다'라는 표현이 오면, '똑똑한 사람은 원래 자기주장이 강하고 날카롭고 냉철한 시각을 가지고 있지……'라며 호의적인 인상을 가집니다. 하지만 반대의 순서로 나열하면 자기 세계에만 갇힌 편협하고 교만한 사람으로 느껴집니다. 이렇게 앞에 제시된 정보들이 뒤따라오는 정보를 해석하는 데 영향을 준다는 걸 생각해서 쓰면 도움이 될 겁니다.

단점을 드러낼 시점도 그런 관점으로 판단하면 좋겠죠. 사실 굳이 단점을 드러낼 필요는 없습니다. 단점을 쓴다면 단점이라고 표현한 그 내용을 통해 강조하고 싶은 다른 강점이 있어야 합니다. 미묘한 단어 선택 역시 나라는 사람의 이미지를 좌우할 수 있다는 점도 잊지 마세요. 그러면 어휘 선택에 조금 더 신중해질 수 있습니다.

너무 튀어도 안 좋지만 너무 평범해도 눈에 띄지 않습니다. 그 적절한 선을 지키는 게 요령입니다. 내가 그 이력서를 받아보는 입장이라면 어떨지, 내가 사람을 뽑는 위치라는 생각으로 검토해보면 해답이 보일 수 있습니다. 수많은 자기소

개서를 읽어야 하는 상황에 놓인 사람을 떠올려보세요. 한 문장이 짧고 간결해야 잘 읽힙니다. 자기소개서에 그동안 연습해온 짧은 글의 원칙을 적용해야 하는 이유입니다.

[16]
자기 홍보 (셀프브랜딩, 퍼스널브랜딩)

글로 자신을 드러내고 알려야 하는 일이 많아지면서, 자기 홍보를 위한 글쓰기라는 목적을 가지고 수업에 참여하는 분들이 부쩍 늘고 있습니다. 더 나아가서 자신을 브랜드화하는 셀프브랜딩 혹은 퍼스널 브랜딩에도 관심을 가지는 것 같습니다. 그런 분들이 떠올리는 '짧은 글'은 주로 SNS 상에서의 글입니다. 하지만 어느 공간에서든 글의 기본 원칙은 모두 같습니다.

나를 홍보하려면 자기소개서를 작성할 때처럼 나의 장점을 한번 쭉 나열해보는 것부터 시작해야합니다. 자소서는 자신이 지원하려는 회사와 내 장점을 맞춰보면서 정리해갔다면, 이번에는 내가 가진 장점 중에 상품가치가 있는 게 무엇

인지 홍보 포인트를 찾아내는 게 필요합니다.

나의 경험일 수도 있고, 재능일 수도 있고, 경력일 수도 있습니다. 자소서와 마찬가지로 하나씩 나열해본 다음, 그중에서 적합한 걸 찾아내는 과정이 셀프브랜딩이나 자기 홍보에서 중요합니다. 임팩트 있게 '나'라는 사람이 가진 무엇인가를 상품화해야 하니까요.

짧은 글로 효과적으로 전달해야 하기 때문에 최소한의 단어로 표현해보면서 점점 줄여 나가는 과정이 필요합니다. 선택의 과정에서 기억해야 할 점은 모두가 가진 장점은 장점이 아닐 수 있다는 것이죠. 누구나 내세우는 점들보다는 나만의 강점을 찾아내야한다는 겁니다. 차별화가 중요합니다.

모두를 연결하는 나만의 스토리

한동안 우리나라에서 태어난 첫 자이언트 판다인 푸바오 열풍이 대단했습니다. '푸바오 할부지'로 잘 알려진 강철원 사육사의 얘기 중에 참 와닿았던 말이 있습니다. 자신이 담당하는 동물을 잘 케어하고 많은 사람에게 사랑받도록 하려면 그 한 마리 한 마리만의 스토리를 파악하고 이해하는 게 중요하다는 얘기였습니다.

그런 생각이 바탕이 되어, 힘든 시기에 많은 사람의 마음을 사로잡은 푸바오 스토리가 생겨난 겁니다. 그렇게 탄생한 이야기에 각자의 스토리까지 더해져 다양한 연령층의 마음을 하나로 잇는, 모두에게 특별한 판다가 될 수 있었던 게 아닌가 싶습니다.

'나'라는 브랜드로 사람들의 마음을 움직이고 많은 이의 기억에 남으려면 이런 '푸바오 스토리'가 필요합니다. 사람들은 스토리가 있는 걸 좋아하고 더 잘 기억한다고 하죠. 나의 스토리를 찾아내고 그 스토리를 통해 내가 말하고자 하는 것을 명확히 하는 것만큼 중요한 건 그 이야기에서 다른 사람들과의 연결고리를 찾아내고, 사람들이 원하는 걸 파악하는 겁니다.

차별화를 한다고 나만 아는 얘기, 나만 아는 단어로만 채우면 안 됩니다. 많은 사람이 공감할 수 있는 나만의 이야기와 표현이 필요합니다. 그걸 고민하고 찾아내는 과정이 셀프 브랜딩에서 가장 중요한 부분일 겁니다. 어떤 흐름으로 서사를 만들어가느냐가 스토리텔링입니다. 이 스토리텔링이 나라는 브랜드의 이미지가 되고 그 이미지로 사람들의 신뢰와 관심을 얻을 수 있습니다.

혹시 '이름 붙이기' 효과를 아시나요? 〈무한도전〉이나 〈

런닝맨〉 같은 리얼 버라이어티 예능 프로그램에서 출연자 한 명 한 명에게 별명을 붙여서 부르다 보면, 캐릭터가 생겨나고 같은 단어를 공유하면서 친밀감이 싹트게 됩니다. 푸바오 팬들 사이에도 용인 푸씨, 푸공주, 푸뚠뚠 등 수많은 별명이 공유되면서 퍼져 나갔습니다. 그들만의 표현과 단어가 탄생하면서 팬덤이 만들어지기도 합니다.

대상과 상황에 맞는 전달 방식과 표현 방법

자신을 홍보하기 위해 쓰는 글은 철저하게 읽는 이 중심의 글쓰기가 아닌가 싶습니다. 그런 면에서 적절한 전달 방식이나 표현 방법 역시 중요합니다. 단순 명료해야 전달력이 좋다는 기본 원칙은 변함이 없습니다. 한 눈에 보기 쉽게, 보기 편하게 하려면 어떤 식으로 하는 게 좋을지 고려해야 하는데, 글과 마찬가지로 복잡하지 않고 단순하게 요점만 눈에 띄게 꾸미는 게 좋습니다.

독자들에게 꼭 필요한 내용만을 정리한 200단어 내외의 기사로 신드롬을 일으킨 악시오스Axios라는 미국의 뉴스 미디어 기업이 있습니다. 악시오스는 전하고자 하는 내용을 독자들에게 보다 빠르고 쉽게 이해시키기 위해 텍스트 대신 한 장의 인포그래픽으로 표현해서 강한 인상을 남기기도 했습니다. 신뢰와 확신을 주기 위해서 근거와 숫자가 필요하다면 눈에 보이는 결과물을 보여주는 것도 방법입니다.

상황과 대상에 따라서도 달라져야겠죠. 방송에서도 타깃층과 채널별로 보여주는 자막에 차이가 있습니다. 젊은 층을 대상으로 하는 프로그램에서는 자막의 크기가 작고 속도도 빠르지만, 연령대가 높을 때는 한 화면에 들어가는 글자 수가 적고 천천히 흘러가게 합니다. 글씨체나 색깔을 다르게 함으로써 분위기나 콘셉트를 나타내기도 하고요. 제가 대본을 쓸 때도 잘 읽히는 글을 위해 글씨체나 크기, 배치 등을 고민합니다. 진행자에 맞춰 내용뿐 아니라 이런 시각적인 것까지 신경 씁니다.

흥미를 끌려는 시도가 오히려 집중력을 떨어뜨리는 결과를 낳을 때가 많습니다. 앞에서, 사람들이 하나의 콘텐츠를 읽는 데 사용하는 시간이 26초정도밖에 안 된다는 이야기를 했었죠. 웹페이지나 블로그, SNS의 글을 작성할 때는 그동안 연습해왔던 짧은 글보다 더 쉽게 더 간결하게 써야 한다는 얘기입니다. 20초, 30초만 주어진다면 전달하고 싶은 가장 중요한 내용은 무엇일까를 생각해보세요. 결국 내가 전하고자 하는 게 무엇인지, 이걸 통해서 사람들이 원하는 것과 알고 싶

은 것은 무엇일지를 생각하면서 빼고 줄여 나가면 됩니다.

우리의 시간과 집중력은 제한돼 있는데, 한꺼번에 쏟아지는 정보는 너무 많은 시대에 살고 있습니다. 사람들은 대부분 가능한 한 적은 시간과 주의 집중력을 쏟으면서 최대한 많은 정보를 얻고자 하기 때문에 일단 전체를 한 번 쭉 훑어봅니다. 건너뛰며 읽을 때 기준점으로 삼는 부분이 제목, 문단의 첫 문장, 그림, 그리고 나머지 글과 시각적으로 대비되는 서식이라고 합니다. 그러니까 이 부분에 특히 더 신경 써서 사람들의 주의를 끌 수 있도록 하면 도움이 될 것 같습니다.

의도에 따라 구성과 배치도 달라집니다. 글과 이미지가 함께 들어간다면 어떤 것을 먼저 보여주는 게 좋을지도 고민해야 합니다. 본인의 의도를 명확히 전제하고 싶다면 글로 먼저 설명을 한 뒤 그림을 배치하는 게 좋습니다. 아무런 선입견 없이 그저 보는 사람의 느낌에 온전히 맡기고 싶다면 그림부터 넣어주면 됩니다. 사진이나 그림만으로 충분하다면 글은 사족이 될 수도 있습니다. 같은 원리로 방송에서 자막의 역할은 영상을 방해하지 않으면서 영상만으로 부족한 부분을 채워주는 보조적인 수단일 뿐입니다.

인용할 때의 주의점

글을 쓰다 보면 더 많은 사람의 공감과 신뢰를 얻기 위해 어떤 사람의 이야기를 인용할 때가 있습니다. 인용문의 경우에도 내용과 중요도에 따라, 큰 따옴표(" ")를 사용한 직접 인용으로 할 건지, 간접 인용으로 쓸 건지, 아니면 그냥 그 사람의 말을 내 글에 녹여서 설명할 건지를 선택해야 합니다. 어떤 게 더 전달력이 높을지를 생각해보는 겁니다. 다큐멘터리를 볼 때 출연자나 전문가의 인터뷰를 직접 보고 들을 때 더 와닿는 내용이 있고, 어떤 부분은 다른 이야기들과 함께 내레이션으로 듣는 것이 더 이해가 빠를 때가 있죠. 비슷한 원리로 생각해보면 선택할 때 도움이 되지 않을까 싶습니다.

다만 인용 글이나 인용구는 기승전결 중 '전'에 쓰면 안 됩니다. '전'에는 자신의 생각과 주장을 담아야 하니까요. '기'에서 인용으로 시작하여 흥미와 호기심을 자극하거나, '결'에서 다시 한번 확실하게 강조할 때 사람들이 잘 아는 인용구로 강하게 인식시켜 기억에 남기는 식으로 활용하는 게 낫습니다. 대신 큰 따옴표 안의 내용은 어떤 대화 상황이나 장면을 떠올리게 해서 오히려 강렬한 인상을 남길 수 있기 때문에 글의 주요 부분인 '전'보다 더 부각될 위험이 있다는 점

을 조심해야 합니다.

블로그든, 유튜브든, SNS든 같은 내용이라도 매번 어떻게 다양한 방식으로 새롭고 쉽게 표현해서 보여줄 것인가가 가장 고민해야 하는 부분인 것 같습니다. 처음에는 나라는 상품을 홍보하기 위한 상업적인 목적을 가지고 나에 대한 글쓰기를 시작한 분들도, 딱 맞는 단어와 적확한 표현을 찾아가는 과정에서 내 안의 목소리에 귀를 기울이게 되고, 미처 깨닫지 못했던 내 감정과 생각을 새삼스럽게 알게 될 때가 있습니다.

그렇게 자신을 알아가는 과정을 통한 자기 성찰이 나에 대한 글쓰기가 빛을 발하는 순간이 아닐까 싶습니다. 나에 대해 정확하게 아는 게 살아가는 데 무기가 되기 때문에 의미가 있습니다.

[17]

나 자신과의 만남, 일기

좋은 글쓰기는 자기 자신과의 정직한 대화에서 시작된다.

• 조지 오웰

강의 첫 시간에 왜 글쓰기 강의를 듣는지 물었더니 일기를 꾸준히 쓰기 위해서라고 답하신 분이 있었습니다. 오히려 내 일상을 글로 남기는 게 더 어려울 수 있겠다는 생각이 듭니다. 강제력도 없고 특별하고 강렬한 뭔가도 없으니까요.

〈녹터널 애니멀스〉라는 영화에 이런 대사가 나옵니다.

"왜 그렇게 글을 쓰려고 해?"

"모든 게 살아 있도록 하는 거야. 결국 죽게 될 것들을 보호하

는 거지. 글로 남겨놓으면 영원할 테니까."

잊는다는 게 축복일 때도 있지만 오래 남겨두고 싶은 것까지 잊히는 건 안타까울 때가 많죠. 특히 나이가 들어가면서 기억하기 위해서 글을 쓰는 일이 늘어나는 것 같습니다.

제가 글쓰기 수업을 시작하면서 항상 하는 말이 있는데요, '삶의 좋은 순간들을 글로 붙잡아두자'입니다. 우리의 생존 본능 때문에 좋은 기억보다는 나쁜 기억이 더 강하게 더 오래 남는다고 합니다. 그래서 글로 기록해놓지 않으면 우리가 막상 기억하고 싶은 행복한 순간들부터 하나씩 사라져버릴지도 모릅니다. 그리고 시간이 지나면 같은 일도 조금씩 다르게 기억하기도 하니까요. 매일의 기록, 일기가 필요한 이유입니다.

매일 무슨 얘기를 어떻게 써야 할지 막막하고 난감하다는 게 일기 쓰기의 어려움인 듯합니다. 매일 반복되는 것 같아 보이는 일상에서 뭔가 특별한 걸 찾아내고 같은 일이라도 다른 시각에서 바라보고 다른 단어들로 표현해보면서 계속 글에 변화를 줘보는 건 어떨까 싶습니다. 매일 일어나는 똑같은 일이라도 나의 감상과 생각, 감정은 그때그때 달라질 수 있습니다.

사람들에게 행복하냐는 질문을 던지면 전체적인 나의 상

태를 체크하고 전반적인 만족도의 평균을 계산해서 답한다고 합니다. 그런데 내가 행복하다고 느꼈을 때를 잘 떠올려보면 커다란 뭔가가 아니라 사소한 순간이었을 때가 많습니다. 산책하면서 본 아름다운 풍경, 마음이 잘 통하는 사람들과의 대화, 좋아하는 사람과 먹는 맛있는 음식……. 사소하다고 평가되는 일상이기 때문에 강한 기억으로 자리 잡기가 어렵지만, 이런 평범한 일상이 하나씩 쌓여서 우리에게 매일 살아갈 힘을 주고 있는지도 모릅니다.

힘든 일이 닥쳤을 때 헤어나는 데 시간이 걸리는 건 이런 행복한 기억이 잘 떠오르지 않기 때문일 겁니다. 그런 날들을 위해서 어떤 걸 먹었을 때 힘이 났는지, 뭘 보면서 위로를 받았는지, 누구와 얘기를 하면서 마음이 따뜻해졌는지, 이런 간단한 기록들을 남긴다는 가벼운 생각으로 일기 쓰기를 시작해보면 어떨까 싶습니다.

생각해보면 어렸을 때는 일기에 주로 즐거운 일을 썼던 것 같습니다. 내가 해낸 것, 새롭게 알게 된 것들을 쓰면서 혼자 괜히 뿌듯하고 그러면서 일기 쓰는 게 재미있었는데 말이죠. 나이가 들수록 점점 줄어들다가 아주 사라져버리는 듯합니다. 일기 쓰기가 숙제처럼 느껴지는 것도 그런 이유에서가 아닐까 싶습니다.

다양한 형식의 일기로 변화주기

일기에는 따로 정해진 형식이 없습니다. 그래서 일기 형식에 변화를 줘보는 것도 꾸준히 일기를 쓸 수 있는 돌파구가 될 수 있습니다. 나에게 쓰는 편지 형식이나 누군가에게 나의 하루를 들려주는 형식도 가능합니다.

글쓰기 강의를 통해서 만나는 분들과 그분들의 글을 접하면서 우리는 누군가에게 나의 이야기를 해야 하는 존재이고 누군가와 소통해야 하는 존재라는 걸 많이 느낍니다. 일기는 나 자신과 소통할 수 있는 가장 효과적인 통로이고, 안심하고 내 밑바닥까지 보여줘도 되는 청자라는 생각이 듭니다. 일기 쓰기의 또 다른 장점은 어제의 나와 비교하면서 동기 부여가 가능하다는 점입니다. 매일 조금씩 나아지는 나, 꾸준히 노력하는 내 모습을 확인하면서 삶의 원동력을 얻게 되기도 하고요.

부정적인 상황에서도 일기 쓰기가 도움이 됩니다. 너무 화가 나거나 슬플 때, 속에서 흘러넘치는 말들을 다 끄집어내서 글로 쏟아내고 나면 후련해지면서 기분이 좀 풀릴 때가 있습니다. 그제야 매몰돼 있던 감정에서 벗어나 정돈된 생각을 하고, 남들에게 현명한 조언을 해주듯 나에게 맞는 해결책, 내 안에 있는 답이 떠오릅니다. 그것 역시 적어두는 게 좋습니다. 나중에 분명 다시 떠올려야 할 때가 올 테니까요.

아이를 키우면서 쓰는 육아일기처럼 써볼 수도 있습니다. 내가 돌보는 누군가가 될 수도 있고, 나 자신에게 적용해볼 수도 있을 겁니다. 매일 조금씩 달라지는 모습을 기록하면서 기쁘고 뿌듯한 마음과 함께 내가 기여하고 있는 점, 그걸 통해서 나도 성장하고 있다는 느낌을 받는다면 일기 쓰는 시간이 압박이 아닌 휴식과 충전의 시간이 되지 않을까 싶습니다.

필사를 하듯이 평소 좋아하는 시에 맞춰 그날 하루의 느낌을 표현해볼 수도 있고, 좋아하는 작가의 글 중에서 지금 내 상황에 맞는 부분을 골라 변형해볼 수도 있겠죠. 이렇게 다양한 글쓰기를 연습해볼 수 있다는 것도 일기 쓰기의 장점이 아닐까 싶습니다. 이런 다채로운 일기 쓰기를 통해 평범하고 지루하게만 느껴졌던 일상이 나에게만 유일하고 특별한 일상으로 다가올 수 있습니다.

짧은 글 연습의 장, 일기 쓰기

글쓰기는 글쓰기를 통해서 배운다고 했었죠. 그런 점에서 꾸준히 일기 쓰는 습관만큼 좋은 건 없습니다. 오늘 일기를

쓰기 전에 어제 일기를 다시 펼쳐보고 점검하며 '짧은 글 쓰기의 룰'을 거듭 적용해볼 수 있다는 것도 장점입니다. 시간이 지나 조금은 거리를 두고 내 글을 살펴보기 때문에 더 객관적인 시각이 될 수 있습니다.

완성된 글을 다시 읽어보니, 어떤 부분에서 갑자기 문장이 길어졌거나 유독 글이 장황해졌다면 그 사건이나 상황, 그 사람에 대한 나의 감정이 격해졌다는 증거입니다. 감정적이 되면 글이 길어지기 마련이니까요. 반대로 짧은 글의 특징인 건조체, 간결체로 글을 쓰면 감정이 절제됩니다.

혹시 손글씨로 일기를 기록했을 때 정자로 바르고 깔끔하게 적힌 부분이 있다면 오히려 내 깊은 곳까지 표출하지 못하고 뭔가를 감추고 있다는 의미일 수도 있습니다. 그럴 때는 어지럽고 정돈되지 않은 글씨체로 다 뱉어낸 다음에 다시 써야 한 번 걸러진 정제된 글이 나오게 됩니다. 처음에는 문법이나 형식, 구성 같은 것에 대한 압박 없이 떠오르는 대로, 손가는 대로 편하게 다 풀어쓴 다음에 검토하면서 배웠던 원칙들을 적용해서 첨삭하면 된다고 했던 것과 같은 이치입니다.

지금의 내 마음 상태와 감정에 대해서 써 내려갈 때 좀 더 다양한 형용사와 명사를 사용하려고 노력해보세요. 그러다 보면 더 정확하게 내 감정과 상태를 파악하게 됩니다. 앞의 셀프브랜딩에 관한 글에서 '이름 붙이기' 효과를 언급했었는데, 내가 느끼는 기분에 이름을 붙여서 단어로 직접 써보면 막연하던 것들이 구체화되면서 감정을 정확히 파악할 수 있습니다. 예를 들어 그냥 기분이 안 좋다가 아니라 분노, 슬픔, 외로움, 이런 식으로 단어를 하나씩 써보면 내 상태와 감정이 어떤 건지 알게 되죠. 조금 더 나아가서 긍정적 감정은 1인칭 시점으로, 부정적 감정은 3인칭 시점으로 쓰는 편이 마음의 치유에 도움이 된다고 합니다.

의무적으로 채워야 할 분량이 정해져 있는 게 아니니까 그날그날 쓸 수 있는 만큼만 쓰면 됩니다. 어느 날은 단어 하나만 적힌 날도 있고, 또 어떤 날은 한 페이지 가득 채운 날도 있을 겁니다. 그런 걸 통해서도 나를 돌아볼 수 있겠죠.

매일 15분씩 감사일기를 써온 사람의 행복감과 삶에 대한 만족도가 높았다는 연구 결과를 본 적이 있습니다. 일기를 쓰는 데 사용하는 시간이나 일기를 얼마나 길고 완벽하게 쓰는지는 중요하지 않습니다. 꾸준히 나와 만나고 내 감정과 생각을 살피고 나를 돌아보는 시간을 갖는 것에 의미가 있습니다.

바쁘게 돌아가는 삶 속에서 해야만 하는 일이나 타인에게 쓰는 시간이 아닌 나를 위해 뭔가를 하는 시간. 오직 나만을

위해 쓰는 시간이 하루 중에 얼마나 될지를 생각해봤습니다. 15분이든, 30분이든 일기 쓰기에 내어주는 시간이 그런 시간이 되기를 바랍니다.

내 감정과 생각을 제대로 아는 것만으로도 마음이 편해지는 걸 많이 경험합니다. 그 과정을 통해 많은 내면의 걱정이나 외부의 문제, 타인과의 갈등을 해결하는 데에도 도움을 얻는 것 같습니다. 나에 대한 글쓰기는 일차적으로 나를 가꾸고 변화시키지만 나의 변화는 가까운 사람들에게 크든 작든 영향을 줍니다. 작은 변화가 쌓여 세상을 바꿀 수 있다는 것, 긍정적인 변화의 선순환이 글의 힘이 아닐까 싶습니다.

[18]
삶의 중간 점검, 자서전

'우리는 살기 위해서 스스로에게 이야기를 한다.
개별적 이미지에 이야기를 붙이고, 실제 우리가 경험하는
스쳐 지나가는 삶의 장면들을 포착해서 정지시킬 수 있는
아이디어들에 의해 삶을 철저하게 살아간다.'

• 조앤 디디온 『하얀 앨범』 중

자서전을 쓴다고 하면 은퇴한 후에 인생을 돌아보면서 기억을 더듬는 나이 지긋한 사람을 떠올립니다. 그런데 요즘은 젊은 층에서도 자서전을 쓰고 싶어 하는 욕구가 높은 듯합니다. 남녀노소 불문하고 정말 많은 분이 관심을 가지고 한번쯤은 시도해보고 싶어 하는 버킷리스트 중의 하나인 것 같습니

다. 수명이 길어지면서 중간 점검의 의미로 내가 어떤 사람이었고 지금은 어떤 사람인지, 그런 것들이 내 삶에 어떤 영향을 미쳤는지 제대로 파악해서 앞으로의 인생을 더 가치 있게 만들고 싶은 마음이 반영된 결과가 아닐까 싶습니다.

'살아갈 나를 위해 살아온 날을 쓴다.' 어느 날 순전히 이 문장 하나가 마음에 들어서 산 책 『인생을 쓰는 법』의 카피 문구입니다. 글쓰기에 관한 많은 책과 강연으로 글쓰기 붐을 일으켰던 작가 나탈리 골드버그의 책인데, 자서전을 쓰는 의미에 대해 참 잘 표현했다는 생각이 듭니다.

행복해지려면 내 마음의 소리에 귀를 기울이고 내가 진짜 원하는 것을 하라는 얘기를 참 많이 듣습니다. 문제는 막상 내가 원하는 게 뭔지를 모르겠다는 것, 그리고 내가 원하는 것에 대해 생각해볼 겨를조차 없다는 게 아닌가 싶습니다. 자서전을 써 나가다 보면 그동안의 내 삶과 경험들을 통해 앞으로 어떻게 살고 싶은지, 어떤 사람이 되고 싶은지가 명확해질 수 있습니다.

다른 사람에게 보여준다는 생각 없이 마음속 밑바닥까지 내려가서 나만의 이야기를 다 글로 풀어내다 보면 잊고 있었다는 생각조차 까맣게 잊었던 자신의 본래 모습을 발견하기도 합니다. 꼭 거창하게 자서전이라는 제목을 달고 책을 내지 않더라도, 이렇게 나를 위해 나에 대해 쓰는 글 자체로 의미가 있습니다. 우리가 역사를 통해 배우는 것처럼 나라는 사람의 히스토리에서 느끼고 깨달은 것들을 발판 삼아 지향점을 점검하고 수정해서 더 나은 방향으로 나아갈 수 있기 때문입니다.

시작은 순서대로 나열하기

자서전이라고 해서 인생 전체를 쓴다고 생각하면 너무 막막해서 시작할 엄두가 나지 않습니다. 우선 기억나는 대로 시간 순으로 쭉 나열해보면서 깔끔하게 한번 정리해보는 것도 좋습니다. 사람들은 어떤 것에 순서가 있고 질서가 있을 때 일관성을 느끼면서 안정감을 얻는다고 합니다. 거기에서 의미를 발견하기도 하고요.

자신의 삶에서도 그런 일관성과 연결성, 의미를 발견하기 위해 나한테 일어났던 다양한 일이 설명 가능한 하나의 이야기로 잘 구성되길 원하는 마음이 있는 것 같습니다. 그래서 우리는 그렇게 이야기를 좋아하고 사람들의 마음을 움직이고 설득하는 데에도 서사가 중요한 건가 봅니다. 물론 현재의 관점으로 바라보기 때문에 미화되거나 과장될 수도 있습니다.

하지만 실제로 어떠했는지보다 그 당시에는 보지 못하고 생각지 못했던 것들을 지금의 시각으로 깨닫는 게 더 중요하지 않을까 싶습니다. 일단 그렇게 전체를 다 훑고 나야 한 걸음 물러나서 조금 거리를 두고 바라보며 전체의 시각에서 정리하는 데에도 도움이 됩니다.

그 다음에는 어느 특정한 순간이나 기간으로 줄여서, 혹은 주제나 소재를 잡아서 거기에 맞는 에피소드를 떠올려보세요. 예를 들어 다시 돌아가고 싶은 시절, 터닝 포인트가 됐던 시기, 실패한 경험과 극복 과정, 기억에 남는 장소, 내 인생에 영향을 준 사람, 이런 식으로 구체적으로 세분화해서 떠오르는 기억을 적어보는 거죠.

그 기억과 함께 생각나는 감정이나 느낌에 집중해서 쓰면 더 살아 있는 글이 됩니다. 그리고 다른 사람이 아닌 바로 나의 경험을 쓰고, 말해야 할 것 같은 이야기가 아니라 하고 싶은 말을 쓰세요. 내가 주인공인 나의 자서전이니까요.

은퇴 후 책 한 권 분량의 자서전을 완성하고 나서 퇴고를 위해 제 강의를 들으셨던 분이 있었습니다. 전체를 보면서 검토하니까 방향성도 잡히고 정리하며 다듬는 과정이 한결 수월했던 기억이 납니다. 처음 쓸 때부터 짧은 글의 원칙을 염두에 두고 써 나가는 것도 좋지만, 숲 전체의 모습을 보면서 거기에 맞춰 나무 하나하나의 가지를 쳐내는 것도 그 나름의 강점이 있는 것 같습니다.

짧은 글의 원칙을 적용해서 글을 다듬는 게 오히려 전체 분량이 긴 글에 더 효과가 있습니다. 한 문장이 짧아지면 어느새 다 읽었나 싶게 속도감 있게 읽히기 때문입니다. 그리고 계속 말을 줄이고 표현을 바꾸고 다듬는 과정에서 내 마음과 생각까지 단순하고 간결하게 정리된다는 점도 빼놓을 수 없겠죠.

'지옥으로 가는 길은 부사로 가득 차 있다. 불필요한 부사를 너무 많이 쓰면 글의 생명력이 떨어진다.' 사람들의 마음을 쥐락펴락하는 공포소설의 거장, 스티븐 킹이 한 말입니다. 그동안 짧은 글 쓰기를 연습하면서 끊임없이 수식어를 줄이는 훈련을 해왔습니다. 자서전을 쓰면서도 나를 수식하는 형용사, 내 인생을 표현하는 부사를 최소화해보면 어떨까 싶습니다. 나도 모르게 다른 사람의 시선을 신경 쓰면서 붙여놓았던 거추장스러운 군더더기들이 떨어지면서 몸과 마음이 훨씬 가벼워지는 것을 느낄지도 모릅니다.

언어가 사람의 생각을 규정한다는 말이 있습니다. 자서전을 쓰다 보면 오로지 나에게만 집중해서 글을 쓰게 되니까 평소에는 인식하지 못했던 내가 자주 사용하는 단어나 표현을

발견하게 됩니다. 그런 말들을 점검하면서 의도적으로 변화를 줘보면 어떤 상황에 대한 평가나 내 생각이 바뀔 수 있다는 것도 자서전을 쓰면서 얻을 수 있는 이점일 겁니다.

내 인생의 전환점이 되는 자서전

죽음을 앞두고 삶을 마무리하면서 쓰는 자서전도 의미가 있겠지만 터닝 포인트나 방황기, 새롭게 일을 구하는 시기 등 내 인생에 돌파구와 추진력이 필요할 때 자서전 쓰기가 큰 도움이 되는 것 같습니다. 마침표를 찍어야 다음 문장을 시작할 수 있는 것처럼 내 삶에 대해서도 한 번 일단락을 짓고 끝맺음을 해야 그 과정에서 의미를 찾고 다시 첫발을 내딛을 용기를 얻을 수 있으니까요. 그런 의미에서 시기마다 각기 다른 의미를 담은 여러 개의 자서전을 써보는 것도 좋을 것 같습니다.

트라우마를 겪은 사람들이 가까운 지인과 함께 트라우마 장례식을 여는 '굿바이 트라우마'라는 프로젝트의 영상을 본 적이 있습니다. 그동안 누구에게도 털어놓지 못하고 마음 깊은 곳에 가둬둔 트라우마를 꺼내어 마주한 다음에 지인들과 함께 떠나보내는 과정이 인상적이었습니다. 심리적 외상의 경험을 구체적으로 표현하는 게 오히려 그 상처에 대해 신경을 덜 쓰게 하고 극복하는 데에도 도움이 된다고 합니다. 자서전을 쓰면서도 비슷한 치유의 경험을 할 수 있지 않을까 싶습니다.

트라우마를 떠나보내듯 지금까지의 삶을 한 번 마무리하며 떠나보내는 시간을 통해 내 인생의 진정한 끝을 떠올려볼 수도 있을 것 같습니다. 넷플릭스에서 〈딕 존슨이 죽었습니다〉라는 다큐멘터리를 본 적이 있습니다. 감독이 치매가 진행 중인 자신의 아버지를 직접 촬영했는데, 마지막에 가상 장례식을 치르는 장면이 기억에 강하게 남았습니다. 미리 경험해볼 수 있다는 게 본인에게도, 가까운 사람들에게도 참 의미가 있게 느껴졌습니다. 살면서 시간을 되돌리고 싶은 순간이 참 많은데, 이런 경험을 통해 후회하지 않을 기회를 한 번 더 얻을 수 있지 않을까 하는 생각을 해봤습니다.

내가 죽은 다음에 다른 사람들에게 무슨 일이 일어나고 내 부고와 비석에는 어떤 글이 적힐지 생각해보면 내 인생에서 가장 중요한 게 무엇인지, 앞으로 남은 생을 어떻게 살아가야 할지에 대한 해답이 보일지도 모릅니다. 어떤 면에서는 나에게만 의미 있어 보이는 이 글이 언젠가 누군가에게 길잡이가 될 수도 있고, 내가 사랑하는 사람들과 나한테 소중한 사람들에게 남기는 나의 유산이 될 수도 있습니다.

제가 감명 깊게 읽었던 책 중에 『녹나무의 파수꾼』이라는 히가시노 게이고의 소설이 있습니다. 히가시노 게이고는 추리소설 분야에서 특히 인정받는 작가죠. 이 책을 읽으면서 추리라는 장르를 이렇게 사람들에게 감동을 주는 요소로 활용할 수도 있구나, 감탄했던 기억이 납니다. 신비하고 신성한 녹나무에 죽음을 앞둔 사람들이 가족 혹은 소중한 사람에게 유언을 남기는데, 그동안 감춰왔던 치부까지 드러내며 자신이 살아오면서 깨달은 가장 중요한 메시지를 전하는 내용입니다.

저런 나무가 실제로 있으면 좋겠다는 생각을 했었는데, 자서전이 그런 역할을 할 수 있을 것 같습니다. 내가 가장 가치 있게 생각했던 것은 무엇인지, 어떻게 삶의 도전들을 헤쳐 나왔는지, 무엇을 배웠는지, 잘못을 어떤 식으로 바로잡아왔는지……. 이런 질문들을 떠올리며 쓰는 자서전이라면 나라는 사람을 알았던 모든 사람에게 훌륭한 유산으로 남는 글, 그리고 이름 모를 누군가에게 지침으로 남는 글이 되지 않을까 싶습니다.

이제 자서전이라는 게 성공한 사람의 위인전만은 아닌 시대가 된 것 같습니다. 자서전을 통해 지금까지의 내 삶을 돌아보는 글을 쓰는 가장 큰 장점은 그동안 내 삶에 함께했던 사람들, 지금도 내 곁을 지켜주는 사람들을 떠올릴 수 있다는 게 아닐까 합니다. '왜 살아야 하는지 아는 사람은 어떤 어려움도 견딜 수 있다.' 니체의 명언처럼 딱 한 사람만 떠올릴 수 있어도 삶에 의미가 생기고 내가 중요한 존재라는 생각이 들면서 남은 생을 힘차게 꿋꿋이 걸어 나갈 것 같습니다.

자기소개서나 SNS에 쓰는 글은 나에 대한 글이지만 내가 아닌 읽는 이를 의식한 글이라면, 일기나 자서전은 나를 위해 나에 대해 쓰는 글입니다.

[19]

짧고 간결해야 통한다

의사소통의 가장 큰 문제는

그것이 잘 되고 있다는 환상이다.

● 조지 버나드 쇼

우리 삶에서 점점 더 많은 소통이 말보다 글로 이뤄지는 것 같습니다. 업무에서도 일상에서도, 가까운 사이에서든 잘 모르는 사람에게든, 문자나 이메일, SNS로 대화를 주고받는 일이 현저하게 많아지면서 말보다는 글이 일상이 된 느낌입니다. 하루라도 무언가를 쓰지 않고, 누군가의 글을 읽지 않고 지나가는 날은 없지 않나 싶을 정도로 말이죠.

그래서인지 제 강의에도 글로 사람들과 소통하는 어려움

을 해결하기 위해서 참여하는 분이 꽤 많습니다. 모든 것이 빠르게 돌아가고 모두가 바쁜 요즘, 집중력을 제대로 발휘할 수 없는 상황에서 글을 통한 소통은 어려울 수밖에 없습니다.

짧고 쉽게 빨리 전달하는 게 중요한데, 때로는 시간을 줄이기 위한 시도가 오히려 상황을 더 복잡하게 만드는 경우도 생깁니다. 예전에는 간단히 끝났을 일이 더 지체되고 서로가 불편해지는 분위기가 되기도 합니다. 다른 사람과 잘 소통하기 위해서, 업무를 효율적으로 처리하기 위해서 짧은 글의 힘이 필요한 순간일 겁니다.

구어체? 문어체?

누군가와 소통할 때 사용하는 글은 사실 말을 대신한 글이기 때문에 문어체와 구어체의 중간 정도 되지 않을까 싶습니다. 방송작가들이 써주는 대본의 방송글이 딱 그 위치입니다. 우리가 글을 쓸 때 사용하는 문어체는 바른 어순과 정확한 문법이 필수입니다. 우리 모두는 글을 쓸 때 그런 압박감을 은연중에 느끼고 있습니다. 그래서 말로 할 때는 편하고 자연스럽게 나오던 문장도 글을 쓸 때는 떠올리기 힘들 때가 많습니다.

우리가 평소 말할 때 사용하는 구어체는 짧지만 간혹 불완

전한 문장으로 이루어질 때도 있죠. 한 번에 이해하지 못하면 바로 다시 묻거나 알아듣기 쉽게 다시 바꿔서 말해줄 수 있기 때문에 크게 문제되지 않습니다. 표정이나 눈빛, 동작 등을 통해서 부족한 부분이 보충되기도 하고요.

글로 소통할 때는 바로 이 뉘앙스나 표정이 보이지 않으니까 말보다 더 명확하고 구체적으로 써줘야 합니다. 길어지면 오히려 오해의 소지가 늘고 요점이 흐려지고 맙니다. 그래서 우리가 계속해서 익히고 연습해온 짧은 글의 원칙이 적용됩니다. 간결할수록 더 선명하게 내 의도가 전달될 수 있습니다. 내용이 많을수록, 문장이 길고 복잡할수록 메시지는 희석되고 읽는 사람의 주의는 분산됩니다. 감상적이고 화려한 어휘들은 상대방의 이해와 집중을 방해합니다.

간단하고 명료하게 직설적으로 쓰세요. 읽으면서 바로 바로 그 문장의 의미를 이해하고, 한 번만 읽어도 내용을 충분히 파악할 수 있어야 합니다. 아무리 고쳐보아도 잘 정리가 안 된다면 일단 말로 해보고, 그걸 그대로 글로 옮긴 다음 다시 바른 문장으로 만드는 과정을 거치는 것도 좋은 방법입니다.

예문 1 친구와 식사를 하기로 했는데 집 근처로 장소를 바꿔야 하는 상황입니다.

“내일 우리 보기로 했잖아. 벌써부터 너 볼 생각에 마음이 들뜨네. 그런데 내 일정도 좀 꼬이고 회사일과 집안일로 스트레스도 심한 상태라 완전 엉망진창이야. 혹시 우리 집 근처에서 만나도 될까? 매번 내가 약속을 바꿔서 미안한 마음을 어떻게 표현해야 할지 모르겠어. 대신 밥은 내가 사도록 해줘.”

☞ “내가 사정이 생겨서 내일 약속 장소를 우리 집 근처로 바꿔야 할 것 같아. 정말 미안해! 대신 내가 쏠께.”

예문 2 회사에서 프로젝트를 같이 진행하고 있는 사람으로 인해 계속 지체되는 상황.

김 팀장은 정말 훌륭한 일을 많이 하고 있고, 다른 잡다한 일로도 바쁜 줄 알고 있습니다. 일이라는 게 원래 예측할 수 없는 일들이 갑자기 생긴다는 것도 잘 알고 있습니다. 물론 나도 부족한 점이 많은 사람입니다. 하지만 제가 맡긴 일이 마감을 앞두고 있으니 거기에 더 많은 노력을 기울여줬으면 하는 마음입니다. 저도 최대한 도울 수 있는 부분을 돕도록 하겠습니다.

☞ 지금은 다른 일보다 마감을 앞두고 있는 핵심 과제에 더 집중해주세요.

예문 3 내가 누군가에게 잘못해서 사과하는 상황.

일단 내가 그렇게 말한 거, 미안해. 그때 내 생각은 사실 이랬어. (시시콜콜…… 블라블라…… 주저리주저리……) 그리고, 내가 그런 말을 하게 된 데에는 그동안 네가 나한테 했던 행동이나 말들에 상처받았던 것도 있었던 것 같아.

☞ 정말 진심으로 미안해. 반성하고 후회하고 있어.

내 실수를 인정할 때나 사과할 때, 그리고 누군가에게 안 좋은 소식을 전할 때처럼 감정이 개입되기 쉬울 때 우리는 자신의 불편한 마음을 감추기 위해서 말이나 글이 길어지곤 합니다. 그럴 때일수록 요점만 정확하게 전달하는 게 좋습니다. 모든 생각을 전하려고 자세하게 설명하다 보면 불필요한 표현들이 추가되고 그러면서 점점 감정적이 될 수 있습니다. 결국 그 감정이 전해지고 상대방도 감정적인 반응을 보이게 됩니다.

'우리는 덧붙이는 말에 불안을 숨긴다.' 어느 책에선가 읽었던 참 와닿는 표현입니다. 짧은 글은 감정적으로 흥분하기 쉬운 상황에서 브레이크를 걸어줄 수 있습니다. 저는 그런 면에서 말보다 글로 소통하는 이점이 있다고 생각합니다. 말을 안 해서 후회하는 경우보다 해서 후회하는 게 더 많은 것 같습니다. 매번 다짐해도 생각 없이 툭 내뱉어버리고 나서 후회

할 때가 많은데, 글은 보내기 전에 한 번 점검하고 정리할 시간을 가질 수 있으니까요.

쪼개서 정복하기

글로 소통할 때 가장 답답한 경우는 상대방에게 응답이 없거나 내 의도와는 다른 답변을 받을 때가 아닐까 싶습니다. 대부분의 사람들은 쉽고 빠르게 처리할 수 있다고 생각하는 메시지를 우선시한다고 합니다. 그러니까 메시지를 명료하게, 그리고 왜 중요한지, 어떤 관련이 있는지를 분명하게 밝혀주는 게 좋습니다. 질문은 한 번에 하나씩, 같은 내용끼리 묶어서 전달하세요. 너무 많은 선택지가 있을 때보다 선택지가 적을수록 답하기가 쉽다는 점도 고려하면 도움이 될 겁니다.

중요한 내용은 시작 부분이나 끝 부분에 요점만 간략하게 정리해서 강조하는 게 사람들에게 잘 인식됩니다. 중요하게 전달해야 할 내용이 여러 개라면 그 모든 내용을 한꺼번에 보내지 말고 따로 따로 나눠서 제목을 다르게 붙이거나 시간 간격을 두고 전송하는 게 효과적입니다.

EBS 〈위대한 강의〉 PD가 세계 최고의 석학들을 섭외할 때 겪었던 에피소드를 들은 적이 있습니다. 강연을 의뢰하는

메일을 보냈는데 한참을 기다려도 답이 없었다고 합니다. 그래서 내용과 순서를 바꿔서 다시 보냈더니 바로 답장이 왔다는 얘기였는데, 무척 인상적이었습니다. 처음의 메일에는 예의와 격식을 차린 장황한 내용이 가득했는데, 수정한 메일은 상단에 출연료를 눈에 띄게 딱 명시하고 회사 소개는 아주 간략하게 한 후에 바로 본론으로 넘어가는 식이었다고 합니다.

저는 방송작가 후배나 제자들에게 진행자나 출연자가 내가 쓴 글을 그냥 그대로 읽어도 자연스럽게 말하는 것처럼 들리게 써주는 게 작가의 역할이라고 강조하는 편입니다. 뭔가 어색하거나 책 읽는 것처럼 들린다면 그건 진행자가 아니라 작가의 잘못이라고요. 내가 다른 사람에게 전하는 메시지를 쓸 때도 마찬가지라는 생각이 듭니다. 읽는 사람이 잘못 이해해서 답답하다는 생각보다는 그렇게 오해하게 쓴 나의 잘못이라는 생각으로 상대방의 입장에서 생각하고 제대로 전달되도록 신경을 쓴다면 조금 더 수월한 소통에 도움이 될 겁니다.

심리학자들이 추천하는 효과적인 문제 해결 방법 중에 '쪼개서 정복하기divide and conquer'라는 게 있습니다. 꼭 따로 길게 시간을 내서 책상에 바로 앉아서 글을 쓰는 것만 글쓰기 훈련이 아니라 이렇게 일상이나 업무 중에 메일을 쓰고 메시지를 보내면서 연습되는 것들이 더 효과적일 수 있습니다. 단어 하나도 골라 쓰고 한 문장을 짧게 쓰는 노력을 하다 보면 자연스럽게 실력이 늘지 않을까 싶습니다.

비워두는 배려

"수채화는 색을 칠하는 방식이 더하는 것이 아니라 빼는 것이다. 그래서 늘 어디를 어떻게 비울 것인가를 먼저 생각한다." 얼마 전에 한 건축가 분을 통해 접한 얘기입니다. 그동안 수채화를 보면서 느꼈던 왠지 모를 편안함과 여유가 그런 거였나 싶었습니다. 그 비우기가 말보다 글로 전할 때의 장점이라는 생각이 듭니다.

켄 로치 감독의 영화 〈나의 올드 오크〉에 등장하는 대사에서도 같은 느낌을 받았습니다. "때로는 말보다 음식이 필요한 순간이 있다." 어떤 때는 말이 필요 없는 순간, 말이 아닌 다른 뭔가가 필요한 순간도 있을 겁니다. 말이든 글이든 그런 적절한 순간들을 잘 캐치해내서 비워둘 수 있는 배려 역시 짧은 글의 힘일 듯합니다.

같은 말이라도 예쁘게 하는 사람이 있듯 글로 전해지는 그 사람의 인상은 더 깊이 각인되는 것 같습니다. 감정과 행복은 전염된다고들 합니다. 나의 감정이 내가 내뱉는 말을 통해 전

달되듯 이제는 내가 쓴 글, 내가 표현한 단어와 어휘들을 통해 더 멀리 더 넓게 퍼져 나갈 겁니다. 지금 문득 떠오른 고마운 누군가에게 한 자 한 자 정성을 담아 꾹꾹 눌러썼던 손편지의 기억을 떠올리며 단어 하나하나에 마음을 담아 골라낸 메시지를 보내보는 건 어떨까요? 그동안 쑥스러워서 전하지 못했던 표현들과 함께 말이죠.

[20]

효과적인 필사법 – 따라 쓰고 변형하기

창조, 이것이야말로 위대한 모방이다.

• 알베르 카뮈

강의를 하다 보면 어떤 글을 어떤 방식으로 필사하면 좋을지 질문하는 분을 많이 만납니다. 필사가 실제로 글쓰기에 도움이 되는지 묻는 분들도 있고, 필사하기에 좋은 작가를 콕 집어서 추천해달라는 얘기도 많이 듣습니다. 그래서 정말 많은 분이 글쓰기 연습의 첫 단계로 필사를 고려하고 있다는 걸 알게 됐습니다. 물론 필사가 글쓰기를 익히고 연습하는 데 좋은 방법 중의 하나입니다. 일단 그대로 따라 쓰는 것만으로도 자연스럽게 어떤 형식과 구성에 익숙해지게 되니까요.

방송작가 지망생들을 가르치다 보면 어렸을 때부터 백일장을 휩쓸었다는 수상자보다 그야말로 TV나 라디오를 '끼고 살았다'는 학생들이 방송 대본을 더 잘 쓰고 프로그램 구성도 잘하는 경우가 많습니다. 자기도 모르는 사이 어떻게 써야 하는지, 어떤 식으로 구성해야 하는지를 체득했기 때문입니다.

저도 대학생 시절 좋아하던 라디오 프로그램 〈배철수의 음악캠프〉의 '오프닝 멘트'를 매일 필사했던 경험이 있습니다. 어떤 날은 같은 소재로 오프닝 멘트를 제가 직접 써보고 비교해보기도 했습니다. 그 덕분에 선배들한테 배우지 않고도 첫 오프닝 멘트를 비교적 수월하게 써 내려갔던 기억이 납니다. 그런 점에서 제게는 필사가 방송글을 연습하고 배우는 데 좋은 스승이었습니다.

그런데 한 사람의 글만 가지고 연습을 하거나 무작정 아무거나 닥치는 대로 필사를 하는 것보다는 자신의 스타일에 맞는, 자신의 장점을 살릴 수 있는 글을 선택해서 하는 게 도움이 됩니다. 어느 정도 자신의 스타일이 정착돼 있는 분들에게는 그와 비슷한 글을 필사하도록 권합니다. 자신의 재능이나 자기 글의 특징과는 맞지 않거나 반대되는 글을 계속 해서 따라 쓰다 보면 오히려 역효과가 날 수 있기 때문입니다.

아직 자기 글의 색깔을 파악하지 못한 분들이나 명확히 구축되지 않은 분들은 여러 글을 다양하게 시험해보면서 그 글들의 장점을 흡수하고 나만의 강점을 찾아내는 방향으로 연습하는 게 좋습니다. 청소년기의 학생들도 마찬가지입니다. 유의해야 할 점은 내가 좋아하고 닮고 싶은 글과 내가 잘 쓰는 글이 꼭 같지만은 않다는 겁니다.

모방에서 창조로 나아가는 필사법

방송을 만들면서 하늘 아래 새로운 것은 없다는 사실을 새삼 깨닫는 순간이 많이 있습니다. 이건 정말 내가 처음으로 생각해낸 참신한 아이디어일 거라고 확신했는데, 이전에 누군가가 이미 했던 거라는 걸 확인하는 일이 비일비재하니까요. 그래서 모방은 창조의 어머니라는 말을 실감하게 됩니다. 하지만 모방만 계속 해서는 창조의 단계로 나아갈 수 없습니다.

필사의 다음 단계는 따라 쓰면서 내 나름대로 변형해보는 겁니다. 단어와 표현을 바꿔가며 다르게 써보면서 어휘력을 기를 수도 있고, 반복되는 혹은 마음에 드는 문구는 그대로 두고 내 입장과 감정, 생각에 맞춰 내용을 바꿔 써보는 연습으로 문장력을 키울 수도 있습니다. 필사가 모방이 아닌 창조가 되는 순간은 바로 이 부분이 아닐까 싶습니다. 단순하게

단어나 표현만 바꾸는 것으로 느낌 자체가 달라질 수도 있고 의미가 완전히 변할 때도 있습니다. 그렇게 되면 그 글은 이제 나만의 창조물이 됩니다.

예를 들어, '나는 잊어버렸다'와 '나는 기억하지 못한다'를 비교해볼까요. 둘은 같은 뜻인 듯하지만 '잊어버렸다'와 달리 '기억하지 못한다'는 기억하지 못하는 걸 어떻게 기억할 수 있을까 하면서 과거를 되돌아보게 하는 힘이 있습니다.

또 대명사를 바꿔 써보는 연습은 관점에 변화를 줘서 다른 각도로 새로운 글쓰기를 할 수 있게 합니다. 1인칭 대명사로 쓴 글을 3인칭 대명사로 바꿔 써본다거나 대명사로 쓴 부분을 구체적인 누군가의 이름으로 바꿔보면 제한적으로 갇혀 있던 생각의 폭이나 시야가 넓어질 수 있습니다. 그러면서 나만의 색깔이나 스타일을 찾아내고 구축해갈 수도 있습니다.

지금 짧은 글쓰기를 연습하고 있으니까 기왕이면 필사를 하면서 한 문장을 짧게 줄이는 연습, 만연체를 간결체로 바꾸는 연습을 해보면 더 좋겠죠. 원래 내 글의 단점은 잘 안 보이는 법이라 다른 사람의 글로 연습하는 게 더 효과적일 수 있습니다.

글을 쓰다가 막히거나 첫 문장조차 떠오르지 않아 막막할 때도 필사가 도움이 됩니다. 마음에 드는 표현 한 두 단어, 와닿는 구절 하나씩 베껴 쓰면서 끄적이다 보면 막힌 곳이 뚫리듯 뇌가 활성화되면서 쑥쑥 진도가 나갈 때가 있습니다.

저는 책을 읽으면서, 그것이 글쓰기를 위한 책이든 공부를 위한 책이든 기억하고 싶은 내용들이나 마음에 울림을 주는 구절들을 그때그때 적어놓습니다. 책을 다 읽고 난 다음에는 그동안 적어놓은 내용들을 전체적으로 훑어보면서 제 나름대로 다시 구성하고 편집해서 저만의 콘텐츠로 정리해둡니다.

그리고 영화나 드라마를 보면서 마음을 울렸던 대사, 출퇴근길에 스쳐 지나가면서 봤던 기발한 표현들, 카페나 음식점에서 들었던 대화들…… 그런 것들을 접하면서 떠오른 생각이나 느낌도 같이 적어둡니다. 그러면 내 창작물이 아니더라도 나의 생각과 느낌이 가미되어 나만의 표현을 찾아낼 수 있습니다.

지난해 넷플릭스 드라마 〈크리스마스 스톰〉을 보면서 "마침표 다음에는 무엇이든 올 수 있어요. 새로운 길, 새로운 방향, 모든 기회가 열려 있고 모든 것이 가능해지죠"라는 대사가 가슴을 울렸습니다. 그래서 '물음표로 시작된 인생, 느낌표로 가득하길 바라다가 쉼표를 넣어야 할 때를 놓치고는 마침표를 찍어야 하는 날이 오지만 마침표가 있어야 다시 새로

운 시작이 생기는 법'이라고 끄적여뒀습니다.

이런 방식으로 내 생각과 느낌이 가미된 나만의 글이 탄생됩니다. 어떤 음악을 들으면 떠오르는 나만의 기억이 있고, 어떤 냄새를 맡았을 때 생각나는 나만의 추억이 있는 것처럼 말이죠. 저는 이렇게 적어놓은 것들을 나중에 필요한 상황과 내용에 맞게 사용합니다.

필사를 하면서도 떠오르는 것들을 함께 적어가다 보면 필사가 모방에만 머무르지 않고 나만의 창작물로 변신하는 날이 오지 않을까 싶습니다. 꼭 글로 재탄생하지 않더라도 이렇게 적어놓은 것들은 머리를 깨우는 신선한 자극이 되기도 하고, 새로운 아이디어를 얻는 통로가 되기도 합니다. 무엇보다 뭔가를 쓰고 싶은 욕구를 샘솟게 합니다.

"요즘은 글도 컴퓨터로 쓰는데 필사는 손으로 해야 하나요?" 이런 질문도 종종 받습니다. 필사를 할 때 종이에 펜으로 쓰는 분들도 있고, 컴퓨터로 작업하는 분들도 있습니다. 어떤 게 더 좋은지도 많이들 궁금해하시더군요. 필사는 무언가를 학습하는 데에도 도움이 됩니다. 학생 시절 연습장에 빼곡하게 쓰면서 외우곤 했던 기억을 다들 가지고 있을 겁니다.

강의를 들으며 필기를 하는 것도 비슷합니다. 타이핑을 할 때 받아 적는 정확도가 더 높은 대신, 손으로 쓰면 자신이 쓰고 있는 내용에 대해 한 번 더 생각하게 된다고 합니다. 그러면서 자기 방식대로 중요한 부분만 요약하고 정리해서 쓰게 되는 거죠. 제가 학생들을 가르칠 때 경험한 적이 있습니다.

항상 맨 앞자리에 앉아서 열심히 수업을 듣고 필기를 꼼꼼하게 하는 학생이 있었는데, 막상 시험 답안에 적힌 내용을 보니 제가 강의했던 것과는 다르더군요. 제가 말한 내용을 듣고 자기 방식으로 정리를 한 겁니다. 그러니까 타이핑하는 경우는 변형 없이 정확하게 그대로 몸에 익히는 방식이니까 시험에는 더 유리할 수 있습니다.

그렇지만 더 깊이 기억에 남고 자신의 생각이 반영되는 건 손으로 종이에 쓰는 경우입니다. 그 효과를 더 크게 하려면 무거운 필기구로 두꺼운 종이에 꾹꾹 눌러쓰는 게 좋다고 합니다. 몸과 머리 모두에 자극을 주기 때문이 아닐까 싶습니다. 몸이 기억하고 그게 머리로도 전해지는 거겠죠.

'나는 침대에서 나왔다. 따가운 햇살에 눈이 떠져서. 그렇지 않을 수도 있었는데. 나는 된장국에 김치만으로 맛있게 밥을 먹었다. 그렇지 않을 수도 있었는데. 오후 내내 책을 읽고 글을 쓰고 음악을 들었다. 이 모두가 내가 좋아하는 일들. 차가운 밤공

기를 마시며 남편과 산책을 했다. 그렇지 않을 수도 있었는데.
나는 침대에 누웠다. 창밖엔 수국, 벽에는 우리 아이들의 그림이
걸려 있는 방에 있는. 그리고 꼭 오늘과 같은 또 다른 하루의 계
획을 세웠다. 하지만 나는 안다. 어느 날 그렇지 않을 수도 있다
는 걸.'

미국의 시인 제인 케니언의 시 「그렇지 않을 수도 있었는데Otherwise」를 변형하면서 쓴 필사입니다. 조금씩 나에게 맞는 다른 단어와 표현으로 바꿔가다 보니 마음과 생각까지 풍성해지는 기분이 들었습니다. 여러분도 저처럼 그렇지 않을 수 있었던 것들을 하나씩 떠올려보며 따라 쓰고 변형하기를 한번 연습해보면 어떨까요?

[21]

메모와 자료수집으로 무장하기

쉬지 말고 기록하라.

기억은 흐려지고 생각은 사라진다.

머리를 믿지 말고 손을 믿어라.

• 다산 정약용

필사와 마찬가지로 글쓰기의 기본기를 쌓는 데 도움이 되는 방법이 메모하는 습관입니다. 기억하기 위해서 기록하고 메모하는 습관이 들면서 생각의 전환에 도움이 되고, 그 결과로 글도 풍요로워지는 걸 느낍니다. 제가 방송작가로 일하면서 가장 도움이 됐던 것도 메모였습니다. 뭘 보든 뭘 하든 불쑥 떠오른 생각과 느낀 감정들을 습관적으로 적습니다. 그러

면 나중에 나만의 중요한 글쓰기 자료가 됩니다.

전체적인 글의 형식이나 구성을 익히기 위해서는 필사가 도움이 되지만 문장 하나, 단어 하나, 표현 하나를 메모해두면 내 글밭에 씨앗을 뿌려두는 느낌입니다. 그 씨앗이 어느 날 어떤 아름다운 꽃으로 피어날지, 어느 풍성한 열매로 열릴지 모릅니다. 필사처럼 그 표현 그대로 적어둬도 괜찮고, 그 단어에서 떠오른 것들을 메모해도 좋습니다.

메모하는 버릇이 필요한 이유는 막상 글을 쓰려고 마음먹고 앉았을 때는 그렇게 아무 생각도 나지 않다가도 다른 일을 시작하면, 그것도 꼭 급하게 처리해야 할 일에 집중하고 있을 때 뜬금없이 영감이 떠오르곤 하기 때문입니다. 그럴 때마다 저는 아주 간략하게 키워드만 메모해둡니다. 이런 메모들이 하나둘씩 쌓여가는 걸 보면서 다시 오지 않을 뭔가를 놓쳐버렸을지도 모른다는 조급함을 떨쳐버릴 수 있습니다.

그리고 시험을 볼 때 항상 처음 고른 답이 정답일 확률이 높다고 느끼듯 메모는 처음 떠오른 생각을 놓치지 않기 위함입니다. 이렇게 메모를 통해 잠시 미뤄뒀다가 나중에 다시 살펴보면 막상 기발하다고 생각했던 것들이 별로라고 느껴질 때가 있고, 그냥 별 생각 없이 끄적였던 게 새삼 다시 보이는 경험을 하기도 합니다.

자료 수집도 마찬가지입니다. 앞에서 본인이 완벽하게 알고 있는 것에 대해서 쓰는 게 짧고 쉽게 쓸 수 있는 비결이라고 얘기했었죠. 자신이 쓰고자 하는 내용이 무엇인지, 무엇에 관한 것인지 잘 알고 시작해야 글에 속도가 납니다.

익숙한 것과 잘 아는 것은 다릅니다. 그리고 나에게 익숙한 것이 우월하거나 옳다고 믿는 경향이 있습니다. 그래서 자료 조사를 통한 확실한 확인이 필요합니다. 그런 과정을 통해 내 글의 재료가 넘칠 정도로 충분히 있다는 생각만으로 글을 쓸 자신감과 안정감을 얻을 수 있고, 결국 거기에서 좋은 글이 나옵니다. 아는 만큼 보이고, 보이는 만큼 쓸 수 있습니다.

메모도 그렇고 자료를 수집하다 보면 당장 필요해서 찾을 때는 잘 안 보이다가 다른 내용을 찾다 보면 그때 필요했던 것들을 발견할 때가 많습니다. 그래서 계속 꾸준히 비축해놓는 게 필요합니다. 언제든 꺼내 쓸 수 있도록 손쉽게 분류하고 정리해놓는 것도 잊지 마셨으면 합니다.

메모도 그렇지만 정리하고 분류할 때 그때의 날짜와 시간, 공간을 함께 적어두면 시공간의 복합적인 감각으로 그 당시가 재현될 수 있어서 나중에 그 느낌과 생각으로 글을 계속 이어가는 데에 도움이 된다고 합니다. 길게 집중해서 글을 쓸 시간이 없어서 아주 짤막하게 메모만 해두고 넘어갈 때 사용

해보면 좋을 것 같습니다.

메모를 꼭 적는 것만으로 국한해 생각할 필요는 없습니다. 생각날 때마다 녹음을 해놓는 것도 권하고 싶은 방법입니다. 생각이 떠오르면서 진도가 막 나갈 때가 있는데, 그걸 다시 컴퓨터 앞에 앉아서 혹은 펜을 들고 쓰려고 하면 갑자기 딱 멈추고 막힐 때가 있습니다. 이럴 때 바로 말로 녹음을 하면 놓치지 않을 수 있겠죠. 그리고 우리는 아무래도 글보다는 말에 익숙하기 때문에 말로 하다 보면 더 막힘없이 술술 풀려나갈 때가 많습니다.

복잡한 문제의 해답이 안 보일 때 친구에게 얘기하다 보면 정리가 되고 해결책이 떠오르는 경험을 해보셨을 겁니다. 얘기하면서 내가 진짜 원했던 게 뭔지, 내 안의 진짜 마음을 깨닫게 될 때도 있죠. 녹음하면서도 비슷한 효과를 얻을 수 있습니다. 또 하나 녹음의 장점은 녹음한 내용을 다시 들으면서 글의 흐름을 잡은 뒤에 본격적으로 글을 쓰면 글 쓰는 속도도 더 빨라지고 더 쉽게 써지기도 한다는 겁니다.

내 글과 삶을 풍요롭게 하는 메모 한 줄

얼마 전 서점에 갔다가 '독서의 완성은 완독이 아닌 기록'

이라는 문구를 보고 무척 마음에 와닿았습니다. 언젠가부터 책을 몇 권 읽었다는 것에만 욕심을 내다가, 읽은 책 내용을 내가 제대로 기억하고 있는지, 원래 이 책을 읽고자 했던 이유는 뭔지를 잊은 건 아닌가 싶습니다. 많이 읽는 것과 제대로 읽는 것은 다릅니다. 제대로 읽어야 기억할 수 있고 제대로 알게 됩니다.

사람들은 이야기를 좋아하고 스토리를 잘 기억한다고 하죠. 그래서 우리의 마음은 논리보다 은유에 더 잘 움직이는 것 같습니다. 논리적으로 설득하려고 하는 것보다 비유나 은유가 담긴 짤막한 시 한 줄이 마음에 더 강한 여운을 남기고 큰 위로를 줄 때가 있습니다.

그런데 글을 쓰면서 비유나 예시, 에피소드를 넣고 싶어도 적당한 게 생각나지 않을 때가 많습니다. 그럴 때를 위해서 오늘 겪은 경험담, 갑자기 떠오른 비유, 누군가에게 들은 에피소드 같은 것들을 평소에 메모해두면 도움이 됩니다. 뭘 보든 뭘 하든 항상 메모하는 습관이 나를 작가로 만듭니다. 이렇게 차곡차곡 모아놓은 메모와 자료가 나중에 글을 쓰는 무기가 되고 힘이 됩니다. 일기를 꾸준히 쓰고 내 삶을 의미 있게 기록하는 데에도 이 메모가 큰 도움이 되지 않을까 싶습니다.

최근에 읽었던 연구 결과가 떠오릅니다. 나를 행복하게 하

는 것 세 가지를 쓰게 한 그룹이 열 가지를 쓰게 한 그룹보다 자신이 더 행복하다고 느꼈다는 내용입니다. 세 가지까지는 어떻게든 떠올릴 수 있었지만 열 개나 생각해내려니 한계가 와서 오히려 나는 지금 불행한가라고 느끼게 된 거죠. 평소에 메모나 기록을 통해서 꾸준히 소소한 행복을 기록해왔다면 금세 열 가지를 채우고도 더 떠오르는 풍족함에 뿌듯하지 않았을까 싶습니다.

시간이 지나면 구체적인 사건은 기억나지 않아도 그때의 기분과 감정은 계속 남아 있는 것 같습니다. 그래서 엔딩 감성이 중요하다고 합니다. 꼭 일기 형식이 아니더라도 하루를 정리하는 짤막한 메모를 남겨보면 어떨까 싶습니다. '잘했어요 노트'나 나에 대한 긍정 노트를 만들어보는 것도 좋을 것 같네요.

내가 근사하게 느껴졌던 순간, 오늘 내가 한 일 중에 잘한 일, 행복하고 감사했던 경험 등 마음을 울렸던 것들을 하나씩 적다 보면 마음에 변화가 생기고 그날의 마지막 감정은 분명 좋은 느낌으로 기억될 겁니다. 그렇게 저축된 감정은 나의 자본으로 쌓여가고 그 자본은 언젠가 내 글로 탄생되면서 다른 사람들에게 증폭되어 퍼져 나가지 않을까요?

최근에 만난 수강생 한 분의 글이 기억납니다. "나 자신이 빛날 수 있을 때, 빛나야 할 때 빛을 내자. 그렇지 않으면 함께 하는 사람들을 비출 수가 없으니까. 빛나는 것을 두려워하지 말자. 언젠가는 다시 그 사람들의 비춤을 내가 받게 될 테니까."

그런 메모와 기록을 통해서 내가 가장 감동받은 것이 무엇인지를 기억하면, 내 삶을 움직이는 게 무엇이었는지 깨닫게 되고 그런 일을 더 많이 경험하려고 노력하게 되겠죠. 그렇게 조금씩 내 미래도 바뀌어가지 않을까 싶습니다. 이 기록들이 미래를 재발견하게 하는 재료가 될 수도 있을 겁니다. 단조롭게 느껴졌던 하루하루가 특별하게 느껴질 수도 있습니다.

[22]

나만의 글쓰기 홈그라운드

우리는 항상 자신이 가진 15가지 재능으로

칭찬 받으려 하기보다 가지지 않은 한 가지 재능으로

돋보이려 노심초사한다.

• 마크 트웨인

제가 많은 분의 글에 대해 조언을 하고 방향을 제시할 때 떠올리는 말이 있습니다. "단점을 지적하지 마라. 자기가 누구보다 잘 알고 있으니까." 미국의 개 훈련사 시저 밀란의 말인데, 무언가를 시작하기 전에 용기가 나지 않을 때 스스로에게 들려주는 말이기도 합니다.

글쓰기 지도를 하다 보면 정말 많은 분이 자신의 재능을 잘 모르고 있거나 잘못 알고 있다는 걸 느끼게 됩니다. 그래서 그분들 안에 숨어 있는 능력을 발견하고 발굴하는 일이 제게는 보람으로 다가올 때가 많습니다.

우리는 자신의 장점은 잘 몰라도 단점만은 너무나 잘 알고 있는 것 같습니다. 글을 쓰려고 하면 내가 자신 없는 부분, 자주 실수하는 것 등 단점들이 이것저것 떠올라서 진도가 잘 나가지 않거나 아예 포기하게 되기도 합니다. 단점만 바라보면 자꾸 그 부분에 얽매이고 그 안에 갇히게 돼서 새로운 방향이 생각나지 않습니다. 그런데도 단점을 찾아내서 고치고 바꾸는 데 너무 많은 시간과 수고를 들이는 것 같습니다. 장점에 집중해서 강화하는 편이 더 적은 노력으로 훨씬 수월하고 빠른 변화를 가져올 수 있습니다.

스포츠 경기를 보다 보면 홈그라운드에서 승리할 확률이 높습니다. 홈구장에서의 편안함과 익숙함, 그리고 관중들에게서 전해지는 응원과 격려로 자신감이 선수들의 기량을 충분히 끌어내고 모두의 시너지를 높이게 됩니다. 글쓰기에서도 이런 홈그라운드가 필요한 것 같습니다.

강의를 통해 많은 분을 만나다 보면 누구나 자기 안에 개성 넘치는 작가를 한 명씩은 가지고 있다는 걸 깨닫게 됩니다. 단지 그 작가를 깨우고, 그 작가의 말에 귀를 기울이는 연

습이 안 돼 있을 뿐이죠. 내 안에 잠자고 있는 작가를 깨어나게 하고 그 역량을 충분히 끌어내주는 게 자신감과 편안함입니다. 그렇기 때문에 이 자신감과 편안함이 글쓰기의 바탕이 되고 좋은 글의 원천이 됩니다.

저도 강의를 하면서 적어도 그 시간과 공간만큼은 모두에게 홈그라운드가 됐으면 하는 마음으로 임합니다. 그 덕분인지 자신의 글솜씨뿐 아니라 글을 통해 드러나는 생각과 감정에 대한 창피함보다는 더 나은 방향, 더 좋은 방법을 함께 모색해보는 시간으로 채워집니다. 그러면서 긍정적인 에너지가 생겨나고, 그 에너지가 결국은 실질적인 발전으로 이어지곤 합니다.

홈그라운드 만들기

물론 '지금부터 자신감과 편안함을 가져야지!' 한다고 곧바로 마음대로 되진 않습니다. 어떤 압박이나 방해 없이, 모든 걸 잊고 온전히 내 안의 작가와 만날 수 있는 가장 편한 장소와 시간을 찾아보세요. 적들에 둘러싸여 살아가는 듯한 세상에서 그 공간과 그 시간만큼은 나에게 안전 기지가 되어줄 수 있도록 말이죠. 익숙한 공간과 시간이 주는 편안함과 안정감, 여기에서 오는 자신감, 이런 것들을 통해서 내 안의 작가가 마음껏 자유롭게 활동할 수 있습니다.

이렇게 긍정적인 자극을 주는 나만의 글쓰기 공간과 시간을 만들어두는 것도 좋은 글을 쓰는 데 큰 도움이 됩니다. 그래서 나한테 맞는 것들을 발견하는 노력이 필요합니다.

언젠가 작가 줄리언 반스의 작업실 사진을 본 적이 있습니다. 온통 밝은 노란색으로 칠해져 있어서 조금 의아했는데, 비가 오거나 흐린 날에도 해가 드는 것처럼 빛나는 곳에서 글을 쓰고 싶어서라는 말에 납득이 됐습니다. 어떤 장소와 어느 시간이 나의 글쓰기 능력과 집중력을 최대화할지는 직접 체험해보지 않으면 알 수 없습니다.

아침형 인간이 있고 저녁형 인간이 있듯이 글쓰기에서도 각자에게 맞는 시간대가 있는 것 같습니다. 아침에 일어나자마자 제일 먼저 글을 쓰는 것으로 하루를 시작해야 에너지를 얻는 사람이 있는가 하면, 자기 전에 하루를 돌아보며 생각과 마음을 정리하는 게 도움이 되는 사람도 있을 겁니다. 중요한 건 누구에게도 방해받지 않고 오롯이 나 자신과만 만날 수 있는 시간을 찾아내서 확보하는 게 관건입니다.

15분이든, 30분이든 시간의 길이보다는 꾸준히 규칙적으로 글쓰기 연습을 지속할 수 있어야 합니다. 이 시간이 하루

중 나를 위해 뭔가를 하는 시간으로 자리매김한다면 꾸준히 시간을 내는 데에 더 너그러워지지 않을까 싶습니다.

공간이 바뀌면 나도 바뀐다

강의를 하고 모임을 진행하다 보면 글쓰기를 통해 많은 분이 생각보다 빨리 변화되는 걸 느끼고 글의 힘을 경험하게 됩니다.

사람을 바꾸는 세 가지는 시간을 달리 쓰는 것, 공간을 바꾸는 것, 새로운 사람을 사귀는 것이라고 합니다. 특히 공간을 바꾸면 만나는 사람이 바뀌고 생활 루틴도 달라질 수 있습니다. 익숙한 장소가 글쓰기에 적합한 환경으로 작용하는 사람도 있지만, 공간에 변화를 주고 새로운 곳에 가야 좋은 자극을 얻는 사람도 있습니다. 집 안에서 안정감을 주는 조용한 곳도 좋고, 사람들로 시끌벅적한 카페의 한 구석도 괜찮습니다.

내가 가장 편한 곳이면서 나 자신에게만 집중할 수 있는 곳을 찾아보세요. 다만 일하는 공간과는 분리하는 게 좋다고 합니다. 자꾸 일 생각이 나서 글쓰기에 집중하기 어렵기 때문입니다. 같은 이유로 매일 가사 일을 하는 곳도 좋지 않습니다. 그리고 특별한 추억이나 안 좋은 기억이 있는 공간도 피하는 게 좋습니다. 글을 쓸 때 그 장소나 어떤 물건으로 인해 잡념에 빠지거나 묻어뒀던 상처가 떠오를 수도 있어서 오히려 방해를 받게 되니까요.

짧은 글일수록 시간과 노력이 많이 들고, 그런 글이 더 큰 울림을 준다는 걸 알고 있으면서도 글쓰기에 일정 시간을 할애하는 건 쉽지 않은 것 같습니다. 생각이 행동을 바꾼다고 하지만 어떤 때는 행동을 먼저 하면 생각이 바뀌고 지속하게 되기도 합니다. 선 행동, 후 동기 부여가 될 때가 있습니다.

처음부터 너무 욕심내지 말고, 내가 실천 가능한 만큼만 아주 조금씩 일상적인 습관과 연습이 되도록 해보는 건 어떨까요? 나한테 딱 맞게 세팅해놓은 나만의 글쓰기 홈그라운드에서 말이죠. 일단 한 번이라도 시작하면 나 자신과의 약속을 지켰다는 뿌듯함과 해냈다는 자신감, 그리고 매일 뭔가에 집중해서 열심히 하는 내 모습에서 느껴지는 성취감이 점점 더 나은 글을 쓰는 데 추진력을 더해줄 겁니다.

우리는 뭔가를 시작하는 시기를 새해나 봄으로 잡는 경향이 있는 것 같습니다. 어떤 때는 무언가를 새롭게 시작하기에는 늦었다고 생각할 수도 있습니다. 최근 연구 결과에 따르면 어떤 행동이 습관으로 자리 잡기 위해서는 평균적으로 두 달

정도가 걸린다고 합니다. 한 해가 끝나가는 시점이든, 더위에 무기력해져서 아무것도 하기 싫은 계절이든 상관없이 시험 삼아 딱 두 달만 투자해보는 건 어떨까 싶습니다. 글쓰기는 무엇보다 꾸준함이 중요하니까요. 하루라도 빨리 시작해서 시간과 노력을 차곡차곡 쌓아가는 게 필요합니다. 시간이야말로 가장 지혜로운 코치이자 편집자라는 말이 있습니다. 내가 시간과 노력을 들이는 만큼 글은 나아지고 좋아집니다. 내가 유능해질 시간을 확보해두는 거라는 생각으로 시간을 떼어두면 동기 부여에도 도움이 되지 않을까 싶습니다.

[23]

습관의 힘, 반복의 힘

성공은 매일 반복한 작은 노력들의 합이다.

• 로버트 콜리어

글쓰기는 시작하는 것보다 지속하는 게 더 어렵습니다. 제 강의 수강생 중에도 수업이 끝나면서 글쓰기를 중단하게 됐다는 분이 꽤 많습니다. 글을 곧잘 썼던 분들도 글을 쓰지 않는 기간이 늘어날수록 의욕도 꺾이고 글을 쓰면서 느꼈던 즐거움과 재미도 사라지는 것 같습니다. 그러면서 다시 시작할 엄두가 나지 않고 글쓰기와는 점점 멀어지게 되는 거죠.

글쓰기는 꾸준함이 제일 중요합니다. 매일 한 줄을 쓰더라도, 아니 단어 하나라도 계속 써야 쓰고 싶은 게 떠오르고, 또

쓰고 싶고, 이런 것들이 쌓여서 다음 글을 쓰게 하는 원동력이 됩니다. 우물의 마중물이라고나 할까요. 그래서 글쓰기는 운동과 같다고들 합니다. 글쓰기 근육을 키우고 단련하기 위해서는 조금씩이라도 꾸준히 쓰는 게 필요합니다. 그리고 한번 근육이 만들어지면 그 근육을 유지하기 위해서 계속하게 된다는 것도 운동과 비슷한 것 같습니다.

무언가를 꾸준히 반복적으로 하면 시간이 지날수록 익숙해지면서 쉽고 빠르게 할 수 있게 되고 실력이 향상되듯이 글도 마찬가지입니다. 매일 나도 모르게 반복적으로 하게 되는 것, 습관이죠. 습관만큼 무서운 게 있을까 싶습니다. 내가 굳이 의지를 가지고 힘쓰지 않아도 나도 모르게 저절로 자연스럽게 하게 되니까요. 그렇게 계속 뭔가가 쌓인다면 그 결과물은 당연히 엄청나겠죠. 이 습관의 힘이 글쓰기에 잘 적용된다면 분명 머지않아 누구에게라도 당당하게 내놓을 수 있는 훌륭한 작품이 완성될 겁니다.

물론 습관을 만드는 게 쉽지만은 않습니다. 제가 성공했던 방법 중의 하나는 매일 반복하는 루틴 안에 자연스럽게 끼워 넣는 겁니다. 나도 모르게 계속 반복하고 있는 것들 사이, 혹은 그런 행동에 바로 이어서 하다 보니 어느 순간 파블로프의 개처럼 반응하게 되고 관성의 법칙처럼 몸이 움직여졌습니다. 처음에는 3분이든 5분이든 무조건 연결시켜서 반복하는 게 필요합니다. 특히 단순 작업이나 몸을 움직이는 것 전후로 연결시키는 게 더 효과가 있었습니다. 신기한 건 의무로 느껴지지 않게 되니까 오히려 우선순위를 부여하게 되더군요.

성공이나 행복과 관련된 연구 결과를 보면 의외로 이런 식으로 단순한 것이 많습니다. 하지만 아무리 쉬운 일도 막상 하지 않으면 아무 소용이 없습니다. 안 해보면 장점도 단점도 요령도 알 수가 없으니까요.

항상 새해가 되면 작심삼일이 되더라도 꼭 목표나 계획을 세우게 되는 것 같습니다. 글쓰기와 마찬가지로 꾸준함이 성공의 관건입니다. 처음부터 너무 크고 거창한 계획을 세우는 것보다는 내가 충분히 해낼 수 있는 목표를 정하고 작은 단위나 기간으로 쪼개서 하나씩 이뤄 나가는 게 좋다고 합니다. 작더라도 해냈다는 성취감이 쌓이면서 나 스스로에 대한 긍정적인 감각을 일깨워 자신감을 심어주고 선순환을 가져오기 때문입니다.

성공하는 경험의 축적이 동기 부여의 수단이 되고, 결국 좋은 결과물로 연결됩니다. 큰 결심보다 작은 계획의 성공이 중요합니다. 분량과는 상관없이 처음부터 끝까지 완성하는 데 목표를 두세요. 아무리 훌륭한 글이라도 쓰다만 글보다는

짧더라도 완성한 글이 더 의미가 있습니다. 완성하지 못한 글은 실패의 경험이 될 수 있지만, 아무리 짧아도 완성된 글은 뿌듯한 결과물로 남습니다. 완벽주의가 아닌 완료주의가 글쓰기에 추진력을 더해줄 수 있습니다.

참고로 어떤 목표나 계획을 세울 때 '하지 말자'보다는 '하자'로 하는 게 더 성공 확률이 높다고 합니다. 긍정의 힘이겠죠? 특히 생활 습관의 변화는 우리의 이성보다는 감성과 더 연관돼 있기 때문에 강한 압박은 오히려 반작용을 일으켜 청개구리 저항심을 불러올 수 있다고 합니다. 아마 그동안 실패를 반복해왔던 건 너무 높은 목표로 나 자신을 지나치게 몰아붙였던 탓일지도 모르겠습니다.

가재들 간의 싸움에 관한 이야기를 들은 적이 있습니다. 첫 싸움에서 진 경험이 있는 가재는 자기보다 체구가 작고 힘이 약한 상대여도 질 거라고 판단해서 싸워보기도 전에 도망치거나 백기를 든다고 합니다. 이 가재가 싸움에서 승리하려면 아무리 작은 상대라 하더라도 싸워서 이긴 경험이 필요합니다. 소소하더라도 성공했다는 기억과 그 기쁨이 나를 다시 강하게 만듭니다. 그렇게 좋은 기운이 쌓여가고 그 영향이 다시 또 좋은 기운을 불러오겠죠. 조금씩 성공하는 기쁨을 느끼기 위한 작은 계획들을 한번 세워보세요.

꾸준히 계속하게 하는 힘은 그 행동이나 결과물이 내게 주는 긍정적인 감정과 그로 인한 동기 부여인 것 같습니다. 글쓰기를 시작하면서 동기 부여를 위해 펜과 노트를 새로 장만하는 분들도 봅니다. 그렇게 계속 습관을 들이면 그 펜과 노트를 마주할 때 글이 잘 써지는 효과가 나기도 합니다.

하지만 반대의 경우 그 펜과 노트가 아니면 글을 쓸 수 없는 상황이 생길 수도 있습니다. 대신 각양각색의 볼펜을 여러 개 준비해서 그때그때 기분에 따라 혹은 그날 특별하게 다가오는 단어나 표현 등에 각각 다른 색으로 표시하면서 써보면 재미있고 즐거운 경험을 하게 됩니다. 또 하나의 장점은 우뇌와 좌뇌가 모두 자극받아 더 좋은 아이디어가 떠오를 수도 있다는 겁니다.

"성공이 끝은 아니고, 실패는 치명적인 게 아니다. 중요한 건 계속 해 나가는 용기다." 윈스턴 처칠의 명언 중에 제가 가장 좋아하는 말입니다. 중간에 포기하지 않고 조금씩이라도 그저 묵묵히 하루하루 꾸준히 할 수 있는 것 자체가 그 어떤 것보다 큰 용기가 아닐까 싶습니다. 그러니까 작심삼일이라도 꾸준히 계속 반복하는 나 자신을 격려하고 칭찬해줘도 괜찮지 않을까요?

편안함과 통제력을 주는 습관의 힘

글쓰기를 배우고 글쓰기를 시작하는 분 중에는 글을 쓰면서 노후를 보내고 싶다는 분이 참 많습니다. 그런데 글을 쓰는 데에도 체력이 필요합니다. 에너지가 없으면 글을 쓸 수 없습니다. 그리고 용기와 인내, 실천이 뒷받침되어야 합니다. 그래서 꾸준히 계속하기 위해서는 습관이 중요합니다.

나이가 들면 들수록 습관의 힘으로 버티고 살아간다고 하죠. 언젠가 각 나라 노인들의 생활을 비교한 다큐멘터리를 본 적이 있습니다. 활동을 하나씩 중단하고 신체능력을 잃어가는 와중에도 그동안 해왔던 습관은 그대로 유지되는 모습이 인상적이었습니다. 다른 활동은 거의 하지 못하면서도 평생 농사를 지어온 분은 습관적으로 매일 뭔가를 심고 가꾸고 수확하는 일을 계속하고, 몸을 일으키는 것도 힘들어 보이던 한 할머니는 매일 창문을 열어 환기를 시키고 가축 사육장을 청소하고 사료를 준비했습니다.

이렇게 머리보다 몸에 익은 습관이 더 큰 힘을 발휘하는 이유는 반복하는 것만으로 쉽게 자리 잡고 지속력이 강하기 때문이 아닐까 싶습니다. 그래서 처음부터 습관을 잘 들여야 하는데, 글쓰기 습관도 마찬가지입니다. 연습과 훈련이 필요합니다. 소설 『철도원』으로 유명한 작가 아사다 지로는 매일 아침 5시 반에 일어나서 무조건 두 시간씩 책상 앞에 앉아 있는다고 합니다. 한 줄을 쓰더라도 말이죠.

흔히들 작가에 대해 가지고 있는 이미지는 밤이나 새벽에 작업한 후에 오후 늦게 일어나 식습관도 생활리듬도 불규칙한 모습입니다. 하지만 오랜 세월 꾸준히 작품을 발표하는 작가들은 대부분 규칙적인 생활습관을 가지고 있는 것 같습니다. 무라사키 하루키도 규칙적인 생활과 함께 꾸준히 마라톤을 해온 걸로 잘 알려져 있죠. 습관의 또 다른 장점은 습관을 유지하는 것만으로 마음이 편안해지고 통제력이 생긴다는 겁니다. 이 편안함과 통제력에서 좋은 글이 나오고요.

조급함을 버리고 오늘 하루는 하나의 문장만 쓴다는 생각으로 차곡차곡 꾸준히 쌓아간다면 그게 습관으로 자리 잡고 나이 들어서도 그 습관의 힘으로 살아가게 될 겁니다. 글쓰기를 하면서 몸과 마음은 이어져 있다는 걸 느끼기도 하지만, 때로는 글쓰기가 몸과 마음을 연결시켜주기도 합니다. 그래서 글쓰기 습관은 내 몸과 마음의 질을 높이고 그 상태를 꾸준히 유지시켜주는 묘약일 수 있습니다.

[24]
백지와 싸우는 법

행복에 이르는 길은 우리를 얽매이는 채움이 아니라
우리를 자유롭게 하는 비움이다.

● 미하엘 코르트

급하게 처리할 일들이 쌓여 있을 때나 도저히 짬이 나지 않을 때 유독 기발한 아이디어와 쓰고 싶은 것들이 이것저것 떠오릅니다. 그래서 '돌아오는 주말에는…… 이번 휴가 때는……' 이렇게 약간은 벅찬 마음으로 미뤄두죠. 그런데 막상 주말이나 휴가를 맞아 제대로 마음잡고 차분히 책상에 앉으면 모니터 화면에 커서만 깜빡거리고 백지와 싸우게 되는 때가 많습니다.

강의를 하면서 글쓰기 과제 마감일을 언제로 하면 좋겠느냐고 물으면 대부분 주말을 얘기합니다. 하지만 결국 평일 점심시간이나 밤 시간에 제출하는 확률이 가장 높습니다. 오히려 회사 일을 하면서 짬짬이, 아니면 회사 일을 마치고 퇴근한 후에 글이 더 잘 써지기 때문입니다.

주말이나 쉬는 날에 글이 잘 써질 것 같았는데, 이상하게 그날이 되면 왠지 머릿속이 백지가 되어 아무것도 떠오르지 않고 몸까지 나른해지죠. 특히 기한이 정해져 있고 의무적으로 내야 하는 상황이라면 그 증상은 더 심해집니다. 어떻게든 뭔가를 생각해보려고 컴퓨터 화면만 뚫어지게 쳐다보는데 깜빡거리는 커서마저도 나를 압박하는 것 같아 조바심이 더 나고, 그럴수록 더 눈앞이 하얘지기만 하는 경험을 다들 한 번씩은 해보셨을 겁니다.

백지의 공포에서 벗어나기

이럴 때는 일단 백지를 두려워하지 않는 것에서부터 시작해야 합니다. 도저히 채울 수 없을 것 같은 하얀 여백의 공포에서 벗어나는 길은 쓰는 것밖에 없습니다. 시의 첫 행은 신의 선물이라고들 하듯이 처음부터 완벽한 첫 줄을 쓰려고 하

지 말고 그저 이것저것 끄적여보세요. 완성된 첫 문장은 제일 마지막에 써넣을 때도 있습니다.

'생각이 안 난다. 뭘 쓰지, 어쩌지…….' 그냥 이런 내용들부터 시작해도 됩니다. 다만 처음에는 내 생각이나 감정이 아니라 '차가 지나간다. 구름이 흘러간다'처럼 보이는 걸 그대로 쓰는 게 더 효과적일 수 있습니다. 뭔가를 또 생각하려고 하고 내 감정을 느끼려고 하다 보면 다시 막막한 벽에 부딪히게 되니까요.

첫 문장과 마지막 문장을 먼저 써놓을 수도 있습니다. 가끔 처음 시작과 제일 끝 부분은 기가 막힌 게 떠올랐는데 나머지 부분이 빈 칸으로 남아서 그 두 문장마저 포기할 때가 있죠. 띄엄띄엄 생각나는 것들만 먼저 적어놔도 상관없습니다. 지금은 엉망진창인 글로 보이더라도, 제대로 된 문장이 아니어도, 일단 쓰기 시작하는 겁니다. 나중에 계속 다듬어가면 됩니다.

정리된 내용이어야 적을 수 있다는 생각을 버리세요. 쓰다 보면 정리되는 때가 더 많습니다. 처음엔 일단 생각나는 대로 다 쓰고 나중에 골라내는 식으로 하면 됩니다.

부담 없이 막 쓸 수 있는 환경을 만들어놓는 것도 좋습니다. 저는 그래서 항상 노트북 옆에 아무렇게나 마구 끄적일 수 있는 종이를 준비해둡니다. 백지와 싸우기 위해서 백지를 여러 장 갖다놓는 거죠. 신기하게도 어차피 버릴 종이라고 생각하면서 휘갈겨 쓰면 쉽게 뭔가를 쓸 수 있습니다.

언젠가 너무 글이 안 써져서 첫 페이지 맨 꼭대기에 '라라라……'를 계속 반복적으로 쓰기 시작한 적이 있습니다. 어느 정도 시간이 지나니까 몸이 풀리면서 머리도 가벼워졌고, 결국 글에 속도가 붙으면서 끝까지 써 내려갈 수 있었습니다. 지금 내가 해야 할 것들을 작고 구체적인 것부터 하나하나 써 보는 것도 도움이 됩니다. 이렇게 글을 쓰기 위한 시동을 거는 출발점과 시간이 필요한 것 같습니다.

지난 글에서 마중물 얘기를 했었는데 생각이 생각을 불러오듯 글이 글을 부릅니다. 단어가 단어를 부르고 문장이 문장을 부르는 선순환이 시작됩니다. 그게 꼬리에 꼬리를 무는 힘이겠죠. 자신만의 출발점, 마중물이 되는 뭔가를 만들어놓는 것도 좋을 것 같습니다.

저는 글이 잘 안 써지거나 의욕이 나지 않을 때 관심 분야나 써야 할 것과 관련된 자료들을 읽으면서 마음에 와닿는 내용들을 적습니다. 적다 보면 연관된 생각이 떠오르면서 글이 써지고 진도가 나가는 경우가 많습니다. 어떤 때는 전혀 상관없는 다른 것들이 떠오를 때도 있지만 그것 역시 나중에 글을

쓸 때 좋은 재료가 됩니다.

다른 사람의 글을 읽어보거나 유명한 작가들의 첫 문장을 읽어보는 것도 시동을 거는 시간이 될 수 있습니다. 영화나 드라마를 보고 난 후에 리뷰를 쓰듯이 내 생각과 감상을 끄적여보는 것도 좋습니다. 시작은 감상문이었지만 거기에서 꼬리를 문 나만의 새로운 글이 탄생할 수 있으니까요. 그동안 틈틈이 적어뒀던 메모를 들춰보는 것도 비슷한 효과를 얻을 수 있습니다.

몸의 움직임이 머리와 마음을 깨운다

몸을 움직여보는 것도 도움이 됩니다. 모든 걸 집중해서 붙잡고 있을 때는 아무 생각도 안 나다가 잠시 화장실에 가거나 샤워를 하다 보면 불현듯 떠오를 때가 종종 있죠. 그걸 반대로 이용해보는 겁니다. 청소나 설거지 같은 집안일도 괜찮습니다. 몸이 바빠지면 반대로 머리가 단순해집니다.

몸을 규칙적으로 움직일 때는 마음이 안정됩니다. 복잡했던 머리가 가벼워지면 불편했던 마음도 잠잠해지는 걸 느낍니다. 그래서 몸이 바쁠 때는 행동을 잠시 멈추고, 머리와 마음이 부산스러울 때는 몸을 더 바쁘게 움직이라고 합니다.

긴장되는 강연 전에 춤을 춤으로써 불안을 열정으로 바꾼다는 미국의 건강심리학자 켈리 맥고니걸의 인터뷰가 기억납니다. 감정이 격해졌을 때 걷다 보면 흥분이 가라앉는 것도 비슷한 효과일 겁니다. 걸으면서 나누는 대화가 좀 더 이성적이고 객관적으로 느껴지는 것도 걷는 행위가 머리 근육을 단련하고 뇌에 자극을 주는 데 도움이 되어서겠죠. 작가나 철학가들이 산책을 즐겼던 것도 같은 이유에서가 아닐까 싶습니다.

저도 매일 산책을 하는 편인데, 독감 때문에 밖에 못 나갔던 때가 있었습니다. 그러다가 10일 만에 나가 보니 평소 지나치던 산책길임에도 보이는 풍경들이 다르게 느껴지고 새들의 지저귐도 새롭게 다가왔습니다. 그런 것들에 시선을 주고 귀를 기울이며 음미하다 보니 어느 순간 내 마음의 소리에 집중하고 있는 자신을 발견하게 됐습니다. 철학자 루소가 하루 중 다른 것에 마음을 뺏기지 않고 방해도 받지 않은 채 오롯이 나 자신으로 돌아갈 수 있는 유일한 시간이 산책이라고 한 이유를 알 것 같았습니다.

항상 똑같은 모습으로 그 자리에 그대로 있는 것 같았는데 시간에 따라 달리 보이는 것들이 있습니다. 차를 타고 지나가면서 볼 수 있는 경치와 자전거를 타고 가면서 보이는 풍경, 그리고 걸으면서 시야에 들어오는 모습들이 다 다른 것 같습

니다. 눈길을 주는 것만 눈에 들어오고, 머릿속에 있는 것에만 눈길을 주게 되는 법인가 봅니다.

파리의 산책자를 이르는 '플라뇌르'라는 단어가 있습니다. 우리말로 '만보객(漫步客)'이라고도 표현하는 것 같은데, 파리를 천천히 어슬렁거리며 돌아다녀야 그 진면목을 볼 수 있다는 의미도 담겨 있다고 합니다. 산책이 생각을 환기시키고 두뇌를 자극하는 면도 있지만, 느긋하게 걷다가 만나게 되는 보도블록 틈에 피어난 민들레, 햇빛을 받아 반짝이는 나뭇잎, 제 몸의 세 배나 큰 먹잇감을 열심히 옮기는 개미 같은 것들이 눈으로 마음으로 스며들어 글을 쓰게 하는지도 모르겠습니다.

고흐가 파리의 만보객으로 지내면서 그린 작품을 봤는데, 위에서 내려다보는 시선이 아닌 사람이나 사물과 같은 높이에서 바라보며 그린 그림이 무척 인상적이었습니다. 화가의 시선이 그림에 나타난다는 걸 새삼 깨닫게 된 계기가 됐습니다.

창의력을 높이는 방법

창의력을 높이기 위해서는 생각이 서로 다른 영역을 거닐

게 하라는 글을 읽은 적이 있습니다. 저도 방송작가 시절 예능 프로그램을 할 땐 다큐멘터리를 보고, 다큐멘터리를 할 땐 일부러 예능 프로그램을 찾아보는 식으로 아이디어를 얻었는데 도움이 많이 됐습니다. 방송하면서 물리학 전공자라는 것 역시 의외로 강점이 되기도 했고요.

지금도 제가 전혀 모르는 영역이나 저와 정반대에 있다고 느껴지는 분야의 책을 읽어보곤 합니다. 세상의 모든 경계에서는 꽃이 핀다는 말이 있죠. 머릿속이 꽉 막힌 것 같은 느낌이 들 때 발상의 전환이 되기도 하고, 경계를 넘어선 새로운 아이디어가 튀어나오기도 합니다.

가끔 머릿속이 복잡할 때 청소를 하거나 책상 정리를 하면 도움이 될 때가 있습니다. 주변이 어질러져 있으면 왠지 마음이 불편하다가 하나씩 정리 정돈을 하다 보면 마음이 안정될 때가 많습니다. 불필요한 물건들을 치우고 제자리에 갖다놓으면서 과다한 잡념들도 같이 정리되고 뒤죽박죽이던 생각들도 제자리를 찾아가는 느낌이 듭니다. 일관성과 연결성이 우리에게 안정을 준다고 하는데 그런 효과가 아닐까 싶습니다.

휴식이 성장을 가져온다고 하죠. 운동도 중간에 하루 정도 쉬어줄 때 근육이 붙는다고 들었습니다. 쉴 틈 없이 가동하고

빈 틈 없이 가득 찬 머리에 제대로 된 휴식을 제공해줬는지 생각해보게 됩니다. 쉰다고 하면서 에너지를 더 쓰게 하고 있는 건 아닌지 모르겠습니다.

우리 현대인들의 문제는 바쁘다는 것보다 바빠야만 한다는 강박관념이 아닐까 싶습니다. 아무것도 하지 않고 가만히 있는 걸 견디지 못하는 것 같습니다. 채우는 것에만 익숙하고 비우는 것에는 서투른 탓일 겁니다. 가끔은 백지인 상태 그대로 비워두는 연습을 해보는 것도 나의 글쓰기 근육을 키우는 기회가 될 수 있을 것 같습니다.

[25]

인공지능AI 시대의 글쓰기

글쓰기는 가장 개인적인 생각을

가장 보편적인 언어로 표현하는 기술이다.

• 프랜신 프로즈

2024년 초에 인공지능AI이 올해의 키워드라는 글을 본 기억이 있는데, 이제는 정말 우리 실생활 깊숙이 들어와 있는 것 같습니다. 절대적으로 인간의 영역이라고 생각했던 글쓰기에도 인공지능의 역할이 점점 커져가고 있는 듯합니다. 실제로 챗지피티GPT를 비롯해서 본격적인 글쓰기를 도와주는 도구가 많이 등장했습니다.

우리가 인공지능에 대해 가지는 마음은 기대 반 두려움 반

이 아닐까 싶습니다. 작가들 중에도 AI가 더 발전하기 전에 빨리 뭔가를 써야겠다며 위협을 느끼는 사람이 있는가 하면, 아주 잘 활용해서 능률을 높이는 사람도 있습니다.

수강생들 중에도 AI 글쓰기 도구들의 도움을 받아 과제를 제출하기도 하고, 일에도 활용하는 분들이 점점 늘어나는 추세입니다. 반대로 강한 거부감을 가지고 처음부터 끝까지 사람의 손으로 쓴 글만이 진짜라고 인정하는 분도 있는 것 같습니다. 이미 와버린 미래라는 표현이 있죠. AI와 경쟁하기보다는 도구로 잘 활용하는 게 어떨까 하는 생각입니다.

글쓰기 강의를 하다 보면 종종 자기소개서에 대한 첨삭을 부탁받는데, 가끔은 맞춤법이나 문장 호응 같은 것들을 그런 도구로 한 번 걸러서 오면 좋지 않았을까 싶은 때가 있습니다. 본인이든 타인이든 한 번 정리된 글이 수정하고 추가하기가 더 수월합니다. 자잘한 것들에 시선을 뺏기다 보면 막상 큰 그림이 보이지 않을 때가 많습니다.

AI가 우리보다 나은 부분이 있고 인간만이 할 수 있는 부분이 따로 있는 것 같습니다. 그런 것들을 적절히 잘 나눠서 활용하면 플러스가 되는 쪽으로 발전해 나가지 않을까 싶습니다. AI에 의존하거나 종속되는 게 아니라 방대한 자료를 갖춘 단순 작업에 능한 조수를 한 명 데리고 있는 느낌이랄까요?

방송작가 중에 막내작가의 역할과 비슷하다는 생각이 듭니다. 막내작가들이 제공해준 자료나 아이디어가 딱 맞는 답을 제시하지 못하더라도 이런저런 얘기들을 듣고 주고받다 보면 연관돼서 떠오르는 것들이 있습니다. 그것만으로도 막내작가의 역할은 충분히 한 셈이죠.

저도 AI를 적극적으로 자주 사용하는 편은 아니지만 적당한 표현이 떠오르지 않거나 적합한 단어를 찾지 못했을 때 활용하곤 합니다. 이런 뜻의 단어를 쭉 나열해달라고 하거나 이 단어의 유의어나 반의어를 물어보는 식입니다. 내가 가진 어휘력과는 비교도 안 될 정도로 풍부한 낱말을 보유하고 있으니 당연히 도움이 됩니다. 내가 원했던 답을 발견하지 못할 때도 단어들을 하나하나 살펴보다 보면 번뜩 해답이 떠오르기도 하고요.

무엇보다 아이디어를 얻는 데 도움이 많이 되는 것 같습니다. 한번은 갑자기 궁금해져서 방송 프로그램 장르별로 기획안과 대본을 써달라고 해봤습니다. 의외로 아이템이나 주제, 거기에 적합한 출연자나 인터뷰 대상자 선정에서 참고할 만했습니다.

대신 형식이나 구성 부분은 아직 많이 부족해 보였지만 말

이죠. 아무리 AI가 앞으로 발전한다고 하더라도 형식이나 구성은 인간의 몫이 아닐까 싶긴 합니다. 신선한 창의력이 발휘되고 콘텐츠의 질이 결정되는 부분은 바로 그 형식이나 구성에서 차이가 나니까요. 같은 소재를 가지고도 어떻게 구성하고 어떤 선택을 하는지에 따라 결과물은 확연하게 달라집니다.

나의 전문성이 AI 활용도 극대화

언젠가 읽은 글 중에 어떤 분야에서든 전문가가 된 다음에 AI와 함께 작업할 수 있는 사람이 진정한 미래형 인재이고, 생성형 AI로 생산성과 효율성을 극대화할 수 있는 사람은 이미 자기 분야에서 전문가인 사람들이라는 내용이 참 와닿았습니다. 이제 인공지능이 글을 다 써주는데 글쓰기를 계속 배워야 하느냐는 질문을 받은 적이 있습니다. AI가 제시하는 것들이 답은 아닙니다. 완벽하지도 않습니다. 수많은 가능성을 제공해줄 뿐이죠.

결국 그중에서 선택하고 정리해내는 건 나의 전문성이고 능력입니다. 내가 더 잘 알고 있어야 잘못된 것들을 걸러내고 실수를 잡아낼 수 있습니다. 그리고 그런 과정을 거쳐야 그 글이 나의 글이 됩니다. 내가 위에서 전체를 내려다볼 수 있는 전문성을 갖추기 위해서는 짧은 글의 원칙과 기승전결의 룰을 확실히 습득해서 내 것으로 만드는 게 중요합니다.

그럼 여기서 한번 그 원칙들을 되짚어보고 넘어갈까요. 한마디로 정리하면 '짧고 쉽게'죠. 한 문장의 길이를 한 호흡에 읽을 수 있을 정도로 최대한 줄이기 위해서 짧고 쉬운 단어와 표현들을 선택하는 것. 그리고 한 문장에는 주어 하나에 술어 하나, 하나의 이야기만 담을 것. 여기까지가 문장과 문단에 관한 것이라면 글 전체의 큰 그림은 기승전결의 구성을 살리고 각각의 분량과 비율을 지키는 것입니다.

그런데 사실 이렇게 머릿속으로는 완벽하게 알고 있다고 해도 내 글에 직접 적용하고 반영하는 건 쉽지 않습니다. 원래 내 글보다는 남의 글이 더 잘 보이는 법이라 AI 글쓰기 도구들을 활용해서 쓴 글을 보면서 첨삭하고 수정하다 보면 도움이 됩니다. 처음부터 끝까지 내가 쓴 글보다는 전체를 볼 수 있기 때문에 구성이나 흐름, 문장 호응이나 문맥 같은 걸 살펴보면서 편집을 다시 하고 구조를 탄탄히 세울 수 있습니다.

문장 하나하나 짧은 글의 원칙을 떠올리며 짧게 줄이고 쳐내는 것 역시 내 글보다 훨씬 수월합니다. 이렇게 인공지능을 이용해서 꾸준히 연습하다 보면 내 글로는 평소에 잘 안 되고

안 보이던 것들이 잡히고 익숙해지는 날이 올 겁니다.

글쓰기 수업을 진행하다 보면 부쩍 실력이 늘 때가 서로의 글에 대해 피드백을 주고받는 시간입니다. 마찬가지 이유로 다른 사람의 글을 보면서 자꾸 고치다 보면 어느 날 내 글도 보이기 시작하니까요. 또 하나의 장점은 다른 사람들의 피드백을 듣다 보면 전혀 생각해보지 못했던 걸 배우고 자극을 받으면서 새로운 관점에 도움이 된다는 겁니다. 내 눈에는 보이지 않던 신선한 시각을 인공지능을 통해 얻을 수도 있습니다.

뭔가 뒤죽박죽 정리가 안 되던 내용이 누군가한테 얘기하다 보면 깔끔하게 정리될 때가 있죠. AI와 이야기를 나누는 과정에서도 생각이 정리되면서 막혔던 부분이 풀리고 아이디어가 샘솟는 경험을 할 수도 있습니다. 대화를 통해서 다양한 사람들과 다양한 걸 할 수 있는 것과 비슷한 효과를 얻을 수 있습니다.

손 빠르고 발 넓은 충실한 조력자라고 생각하면 기계에 전적으로 의존하지도, 기계의 노예가 되지도 않을 것 같습니다. 기왕이면 기계가 가져온 진보를 잘 활용하면 좋지 않을까 합니다.

한 가지 더 인공지능 글쓰기 도구 활용법으로 제안하고 싶은 게 있습니다. 이 책의 초반부에서 내 글이 짧은 글로 잘 써

졌는지 확인하는 방법으로 소리 내서 읽어보는 걸 추천했었죠. 내 글은 아무래도 눈으로 읽게 되고 소리 내서 읽는다 해도 내가 쓴 글이라 잘 들리지 않습니다. 이럴 때 인공지능에게 내 글을 소리 내서 읽어달라고 하고, 그걸 귀기울여 듣다 보면 좀 더 잘 보일 겁니다.

질문이 정답보다 중요하다

다양한 분야에서 가장 많이 사용되고 있다는 챗GPT는 어떻게 물어보느냐에 따라 결과물이 달라진다고 하죠. 글을 쓸 때와 마찬가지로 범위를 좁히고 질문을 잘게 쪼개서 구체적으로 질문을 던질수록 좋은 결과를 얻을 수 있다고 합니다. 구체적인 질문을 하려면 내가 알고 싶은 게 뭔지, 내가 뭘 모르는지 정확히 파악하고 있어야 합니다. 그리고 내가 생각하고 있는 방향이나 목적, 목표가 명확하게 서 있어야 할 겁니다.

점점 내가 모르는 것에 대해 정확히 아는 게 힘이 되는 시대가 되어가는 것 같습니다. 내가 아는 것보다 모르는 것이 더 중요해질 수 있습니다. 그래서 끊임없는 학습을 통한 나만의 전문성을 갖추는 것뿐만 아니라 내가 알고 있는 것들과 내가 가지고 있는 것들을 많은 사람이 공감할 수 있는 언어로

표현하고 소통하는 능력이 필요합니다. 글을 잘 쓰는 게 강력한 무기가 되고, 모든 분야에 글이 중요해진 이유도 거기에 있지 않을까 싶습니다.

기계가 대신 글을 써주는 시대가 되었지만 아직 감수와 검토는 사람의 몫으로 남아 있고, 글쓰기는 여전히 인간만의 감성으로 사람들의 마음을 움직이고 울리는 인간다운 활동이라는 생각이 듭니다. 챗GPT의 등장으로 오히려 인간만이 할 수 있는 글쓰기의 필요성이 대두되는 지금이야말로 화려함으로만 치장한 글들이 시야를 가리는 상황 속에서도 중요한 걸 찾아내서 제대로 강조하고 선명하게 전달해야 할 때인 것 같습니다. 가능한 한 많은 사람이 소화하기 쉽고 먹기 좋은 방식으로 글을 쓸 수 있는 건 우리 사람만이 할 수 있는 능력이 아닐까 합니다.

[26]

글쓰기 동료

"사람을 많이 만나야 해. 사람을 꺼리면 안 된다.

삶에서 해답을 가르쳐주는 건 언제나 사람이거든.

그러니 용기를 내서 사람을 만나봐라."

• 소설 『세상의 마지막 기차역』 중

글은 꾸준히 써야 실력이 늘고, 시간을 들인 만큼 결실을 맺습니다. 내가 서 있는 곳을 깊게 파라는 말이 있듯이, 누구나 한 분야에 10년 정도만 꾸준히 투자하면 전문가가 될 수 있고 최고가 될 수 있다고들 합니다.

그런데 글쓰기뿐 아니라 뭐가 됐든 꾸준히 한다는 게 쉽지 않습니다. 모든 것을 본인의 의지에만 의존하면 시작하기도

어렵고 무엇보다 지속하기가 힘듭니다. 시작을 하게 하는 건 의지의 문제일 수 있지만, 지속하게 하는 건 상황의 힘이 크게 작동합니다. 결국 꾸준함은 의지력의 문제라기보다는 어느 정도의 강제력이 필요한 것 같습니다. 의무감으로 가슴이 조여 오는 강제력이 아니라 자발적이고 기분 좋은 강제력이 적절한 당근과 채찍의 역할을 해줍니다.

이렇게 흔쾌히 따르게 되는 강제력을 제공해주는 게 글쓰기 동료나 친구, 그리고 그런 사람들과의 모임입니다. 그래서 내 의지만을 계속 시험하고 체크하는 데 너무 많은 시간과 에너지를 낭비하는 것보다는 글쓰기 동료나 모임을 만드는 게 더 효과적인 방법입니다.

나라는 사람은 내가 가장 많은 시간을 보내는 주변 사람 다섯 명의 평균이라고 하죠. 그만큼 주변 환경으로부터 오는 자극이 중요하기 때문에 나에게 좋은 자극을 주는 사람을 곁에 두는 게 내가 하고자 하는 일을 이룰 확률을 높일 수 있습니다. 아무리 노력해도 변하지 않는다고 느껴질 때 주변 사람들이 바뀌면 상황과 환경도 달라지면서 그 터널에서 빠져나오게 되기도 합니다.

내가 속해 있는 무리, 내가 자주 소통하는 사람들에 의해서 훨씬 더 쉽게 내 생각과 행동에 변화가 생깁니다. 행복감과 감정은 빠르게 전염되고, 주변 사람들에게 금세 배우고 쉽게 영향을 받기 때문에, 좋은 습관을 가진 사람들 속으로 들어가서 함께하는 게 나를 변화시킬 수 있는 방법입니다. 특히나 공통 관심사와 목표를 가지고 같은 곳을 바라보는 사람들과 함께할 때의 벅찬 감정과 기대감은 충분한 동기 부여가 될 뿐 아니라 시너지 효과도 내게 됩니다.

다양한 사람들이 모여서 글에 대한 피드백을 주고받다 보면 전혀 생각지 못했던 새로운 것들을 배우고 신선한 자극을 받게 됩니다. 각자의 관점과 스타일로 글에 대한 의견을 나누는 과정을 통해 시각이 바뀌기도 하고, 그 새로운 눈으로 나 자신의 장점을 발견할 때도 있습니다. 누군가의 가장 명백한 결점이 다른 누군가에게는 가장 중요한 장점이 될 수도 있다는 오스카 와일드의 말처럼 나한테는 별 게 아니고 당연하게 느껴지는 뭔가가 다른 사람에게는 간절히 원하는 것일 수 있습니다. 그렇게 내가 가진 자원을 발굴해낼 수 있다는 것도 글쓰기 모임을 통해서 얻는 좋은 점입니다.

다양한 시각의 피드백

글쓰기 모임을 이끌고 많은 분의 글과 만나면서 모든 사

람에게 배울 점이 하나는 있고, 그렇기 때문에 사람이 힘이고 무기라는 걸 실감하게 됩니다. 구성원이 다양할수록 그 집단의 생존성이 강해진다고 하죠. 저도 글쓰기 모임을 진행하다 보면 비슷비슷한 사람들로만 이뤄진 팀보다 연령이나 직업, 글 스타일이 다른 그룹이 서로 좋은 자극을 받고 실력도 빨리 발전하는 걸 경험합니다. 창의력을 높이기 위해서 생각이 서로 다른 영역을 거닐게 하라는 것과 같은 효과로 작용하는 듯합니다.

나와 다를수록 그 사람을 통해 느껴지고 깨닫게 되는 것이 많습니다. 부정적인 감정 습관에서 벗어나는 효과적인 방법은 내 모든 걸 잘 받아주고 보듬어주는 친구뿐 아니라 좀 더 비판적인 친구와도 이야기를 나눠보는 것이라고 합니다. 글쓰기에서도 마찬가지인 것 같습니다. 좀 더 다양한 시각의 피드백이 내 글을 더 풍성하게 하고 글의 발전에도 도움이 됩니다.

동료들의 성장을 보며 자극받고 글쓰기 욕구가 고취돼서 더 열심히 하게 된다는 것도 빼놓을 수 없는 장점입니다. 또 하나 글쓰기 모임을 통해서 실력이 느는 이유는 다른 사람의 글을 계속 꾸준히 읽으면서 의미를 파악하고 낯선 어휘와 표현을 만나는 시간들이 쌓여서 독서를 많이 하는 것과 흡사한 효과를 내기 때문입니다. 읽기가 쓰기에 도움을 주는 거죠. 그리고 다른 사람들의 피드백을 통해 내 글이 어떻게 읽히는지 읽는 사람의 시각을 알 수 있게 된다는 것도 잘 읽히는 글을 쓰는 데 도움이 됩니다.

때로는 같은 눈높이를 가진 동료가 내 글에 대한 더 좋은 평가자이자 멘토가 될 수 있습니다. 비슷한 실수와 문제를 경험해봤기 때문에 무엇을 모르는지 어떻게 바꿔보면 좋을지를 전문가보다 더 잘 알고 있으니까요. 저도 강의를 하다 보면 가끔 당연히 알 거라고 생각하고 의식하지도 못하고 그냥 넘어갔다가 수강생들 간의 피드백을 통해 깨닫게 될 때가 있습니다.

그리고 글을 쓰는 과정에서 겪는 고민과 어려움을 나누고 공감하면서 나만 경험하는 문제가 아니라는 걸 알게 되는 것도 의미가 있는 것 같습니다. 더 나아가 이런 감정을 느끼고 이런 생각을 하는 내가 이상하거나 문제가 있는 게 아니라는 걸 통해 위로를 받게 되기도 합니다. 그러면서 혼자가 아니라는 걸 강하게 느끼게 되는 것도 큰 힘이 되죠.

치유로 이어지는 글쓰기 모임

우리는 모두 누군가와 이야기를 나누고 누군가에게 인정

받고 싶은 욕구를 가지고 있습니다. 행복하기 위해서 충족되어야 할 세 가지 욕구가 자율성과 유능감, 사람들과의 관계라고 합니다. 좋은 글쓰기 동료와 모임을 만난다면 이런 욕구들을 모두 충족시킬 수 있지 않을까 싶습니다.

때로는 느슨하고 다양한 관계가 주는 즐거움과 행복감이 가족이나 일로 인한 상처나 스트레스를 상쇄시켜주곤 합니다. 가까운 사이일수록 더 기대하게 되고 그만큼 더 상처받게 되는 반면 서로에 대한 배려는 오히려 이렇게 느슨하고 먼 사이일수록 더 잘 표현되는 것 같습니다. 아주 사소한 일로 우리가 무너지듯이 우리를 위로하고 일으키는 힘도 아주 작은 것에서 나올 때가 많습니다.

글에는 자기가 드러나고 깊은 곳 속마음까지 보여지기 때문에 그 어떤 관계보다 견고해질 수 있습니다. 내가 현재 겪고 있는 고통과 아픔, 슬픔을 직접적으로 꺼내놓고 나누지 않아도 위로가 되고 치유가 되는 이유는 글을 읽으며 충분히 느껴지지만 어떤 판단을 하거나 함부로 충고하지 않고 그저 묵묵히 마음속으로 응원하고 지켜봐주면서 함께 있어주기 때문일 겁니다. 공감이란 상대의 눈으로 보고, 상대의 귀로 듣고, 상대의 마음으로 느끼는 거라는 글을 읽은 적이 있습니다. 글에 대한 피드백을 하면서 나라면 어떻게 쓸지, 어떤 식으로 바꾸면 더 좋아질지를 고민하고 함께 해결책을 찾아가는 과정이 결국 그 글을 쓴 사람에 대한 진정한 이해와 공감으로 이어지는 것이라는 생각이 듭니다. 그리고 모임에서 동료들과 나누고 싶은 마음에 어떤 걸 쓸지 주변과 일상을 더 꼼꼼히 보게 되고 소재와 주제를 고민하는 시간조차 즐거워진다는 것도 글쓰기를 지속하게 되는 효과입니다.

모임의 적정 간격과 시간, 인원

서로를 격려하면서 글쓰기를 지속하기 위한 모임이기 때문에 정기적으로 진행되는 게 중요합니다. 이 모임이 모든 구성원의 규칙이 되고 일상의 루틴이 되어야 합니다. 어느 정도의 시간 간격을 두고 모일지, 모임 진행 시간은 어느 정도로 할 것인지를 처음부터 정해놓은 다음에 시작하고, 가능하면 변동 없이 계속 지켜가는 게 좋습니다. 물론 초반에 모두에게 잘 맞는 간격과 진행 시간을 찾는 과정이 필요합니다. 제 경험으로는 1~2주에 한 번, 2~3시간 이내가 적당했습니다. 만나는 간격이 너무 길어지면 의지나 의욕이 떨어져서 지속하기가 어렵고, 모임이 3시간 이상 진행되면 집중력이 떨어집니다. 적정 인원은 4~5명 정도인 것 같습니다. 너무 적으면

한 사람에게 집중되는 정도가 커서 부담이 될 수 있고, 너무 많으면 반대로 긴장감이 약해지면서 강제력이 느슨해질 수 있어서 참여도가 떨어집니다.

만나면 뭔가 새로운 자극과 에너지를 주는 사람이 나의 소울메이트이고, 결국 나의 멘토가 되는 게 아닌가 싶습니다. 이런 소울메이트를 만나는 약속이라면 기다려질 수밖에 없고 글을 쓴다는 게 즐거워지면서 자연스럽게 지속하게 될 겁니다. 앞에서 글쓰기 홈그라운드 얘길 했는데, 그런 글쓰기 동료들과의 자리가 또 하나의 글쓰기 홈그라운드가 될 수 있습니다.

[27]

나는 작가다: 마치 작가인 것처럼…… 작가로 머물러 있기

당신과 비교해야할 유일한 작가는 어제의 당신이다.

• 데이비드 슐로서

계속 강조하지만 글쓰기는 무엇보다 꾸준함이 중요합니다. 글을 잘 쓰고 싶다면 계속 써야 합니다. 그래서 꾸준히 글을 쓰기 위한 방법으로 글쓰기 홈그라운드나 습관, 글쓰기 동료에 대해서 제안했는데, 글을 계속 쓰게 하는 힘을 주고 글쓰는 기쁨을 오랫동안 지속시켜 주는 건 나는 작가라는 나 자신에 대한 규정이 아닐까 싶습니다. 꼭 등단을 하거나 책을 내지 않았어도 나 스스로를 글을 쓰는 사람으로 인식하는 게

필요합니다.

내가 원하는 사람이 되는 가장 효과적인 방법은 그렇게 살고 있는 사람처럼 살아보는 것이라는 얘기를 들은 적이 있습니다. 롤모델이나 멘토를 떠올리며 그 사람이라면 어떻게 할지를 생각해서 판단하고 선택하고 행동하다 보면 언젠가 나도 그런 사람이 되어 있을 수 있습니다.

피그말리온 효과, 자기 충족적 예언이라고 하죠. 스스로에게 하는 이야기가 자신의 현실이 된다고들 하잖아요. 긍정적인 자기 암시, 셀프 가스라이팅을 해보는 겁니다. 내가 나 자신을 인정해주지 못하면서 다른 사람들이 나를 인정해주기를 기대하는 모순에서 벗어났으면 합니다. 내가 나에 대해 정의하고 사용하는 단어가 나를 만듭니다.

대학생들을 대상으로 한 연구 결과를 본 적이 있는데, '부정행위를 하지 마세요'보다 '부정행위자가 되지 마세요'라는 표현이 부정행위를 방지하는 데 더 큰 효과가 있었다고 합니다. 부정행위를 하지 말라고 하면 들키지만 않으면 된다는 생각을 가지게 되는데, 부정행위자가 되지 말라는 말은 나라는 사람의 인격과 정체성을 건드리니까요.

나는 작가라는 생각이 나를 알아가고 내 글을 찾아내는 데에도 도움이 됩니다. 글을 쓰는 사람이라는 작가의 관점에서 보면 평소 보던 것들도 다르게 보이고 매일의 일상도 새롭고 특별하게 느껴질 수 있습니다. 아름다운 걸 찾게 되고, 좋은 면을 보게 되고, 희망과 용기, 올바름, 배려 같은 긍정적인 에너지를 전해주는 것들에 눈을 돌리게 됩니다. 그게 결국은 글로 표출되겠죠.

작가라는 생각을 가지고 작가의 시선으로 모든 걸 대하고 받아들이다 보면 글감을 발견하는 눈이 생깁니다. 그리고 그 글감을 전달력 있게 표현해내는 힘도 길러집니다. 그렇게 차츰 써낼 수 있는 힘이 쌓여갈 겁니다.

이 시대의 문장가로 불리는 작가 김훈은 군더더기 없는 깔끔한 단문을 잘 쓰기로 손꼽히는 작가죠. 최근 그 분의 인터뷰를 보다가 글을 쓰는 사람으로서 마음에 강한 울림을 주는 내용이 있었습니다. 『하얼빈』이라는 소설을 쓰면서 "이토는 죽었다." 이렇게 6음절로 마무리를 했는데 너무 딱딱하고 밋밋한 것 같아서 고민 고민하다가 '곧'이라는 단어 하나를 더 덧붙여서 "이토는 곧 죽었다'로 썼다고 합니다. 그런데 '

곧'이 대체 얼마만큼인지 애매하지 않은가 싶어서 '곧'을 넣을까 뺄까에 대해 또 한참을 고민했다는 얘기였습니다.

1음절의 '곧'이라는 단어 하나도 이렇게 신중하게 골라 쓰는 사람이 작가라는 생각을 다시 한번 하게 됐습니다. 독자들은 있는지 없는지조차 느끼지 못하고 별 의미 없이 지나칠 단어 하나라도 말이죠. 이런 부분이 나 자신을 작가라고 의식하는 것의 차이가 아닐까 싶습니다.

내가 작가라는 시야를 가지면 내 글을 읽는 사람들이 어떻게 느끼고 받아들일지도 함께 생각하게 됩니다. 읽는 이의 입장에서도 내 글을 바라볼 수 있게 된다는 것이죠. 나 스스로에게 작가라는 정체성을 부여하면 어휘 하나 표현 하나도 정확하게 찾아보고 확인한 후에 쓰게 되고, 기왕이면 더 많은 어휘들 중에서 작가의 관점으로 이 문맥과 문장에 가장 적절한 것, 독자에게 가장 와닿을 하나를 골라내는 데 들이는 시간과 노력을 아끼지 않을 겁니다.

쓰기와 읽기는 연결돼 있고, 그렇기 때문에 독해력은 곧 문장력으로 이어집니다. 내가 아는 만큼 쓸 수 있습니다. 높은 수준의 글을 읽고 소화할 수 있는 사람이 그 정도의 격조 높은 문장을 쓸 수 있습니다. 내가 작가라는 생각이 결국 좋은 글을 찾아내서 읽고 싶은 욕심을 불러일으킵니다.

다른 사람의 말을 듣지 않고 누군가의 글을 읽지 않으면서 많은 사람의 마음을 움직이는 글을 쓰기는 어렵지 않을까 싶습니다. 잘 들어야 잘 말할 수 있고, 잘 쓰기 위해서는 열심히 읽어야 합니다. 정제된 글을 읽고 정제된 글을 쓸 수 있어야 내가 통찰력을 얻고 그 통찰력을 다시 전해줄 수 있습니다.

마치 작가인 것처럼

'부캐'라는 말이 한때 유행했죠. 지금도 여전히 여러 개의 부 캐릭터로 다양한 분야에서 활동하는 사람들이 있는가 하면, 주 캐릭터와 부 캐릭터의 경계가 무너진 사람도 있는 것 같습니다. 우리 모두는 여러 개의 캐릭터로 살아가고 있지 않나 싶습니다.

자기 안에는 여러 모습의 내가 있기도 하고 나의 위치나 입장, 상황에 따라 달라지기도 합니다. 저도 방송작가, 글쓰기 선생님, 아내, 딸, 며느리 등 여러 모습이 있고, 불리는 호칭에 따라 정체성에도 조금씩 변화가 생깁니다. 선생일 때와 작가일 때 사람들을 대하는 자세나 말투가 달라지고, 같은 작가라도 피디를 대할 때와 출연자를 대할 때는 다를 수밖에 없습니다. 나 스스로가 작가인 입장에서 그리고 스스로를 어떤 작

가라고 생각하는지에 따라 글을 쓰거나 말을 할 때, 사람들을 대할 때 그 모습이 드러나게 됩니다.

오랫동안 스튜어디스로 일했던 친구에게 어려운 자리나 긴장되는 상황에서 스튜어디스 유니폼을 입고 마음을 가다듬은 다음에 말을 하거나 행동을 한다는 얘길 들었던 기억이 있습니다. 저 역시도 방송국에 들어가는 순간, 강단에 서는 순간, 각각에 맞는 모습으로 캐릭터가 다시 세팅되는 느낌을 받습니다.

글을 쓰면서 자신감이나 의욕이 떨어질 때 작가라는 캐릭터, 더 구체적으로는 자신이 원하는 작가의 모습으로 생각과 마음을 재설정해보면 어떨까 합니다. 뭔가 새로운 걸 시작하면 그 자체로 분위기가 전환되면서 생각이 달라지고 좋은 에너지가 생기는 걸 경험하곤 합니다. 나는 작가라는 재인식이 시작 버튼이 될 수 있습니다.

작가로 머물러있기

중요한 건 작가인 채로 계속 머물러 있고자 하는 강한 의지, 지금 여기에 머물 수 있는 능력을 키우는 겁니다. 버티는 게 용기라는 글을 본 적이 있습니다. 이 자리가 나의 자리라는 확신이 나를 앞으로 나아가게 하고 계속 이 자리를 지킬 수 있는 힘을 줍니다.

물론 내 마음 안에는 '아직-아니'와 '이미-지금'이 공존하면서 충돌할지도 모릅니다. 하지만 '이미-지금' 나는 작가이기 때문에 '아직-아니'라는 생각은 그 부족함을 채우기 위해 나를 계속 전진하게 만들 수 있습니다. 한 번에 드라마틱한 변화나 발전을 기대했다가 실망하기보다는, 작가로서의 나 자신을 믿고 계속 시도하면 끝까지 최선을 다할 수 있고 결국엔 최선을 다했다는 만족감과 자신감을 얻습니다.

나 자신을 작가로 정의하는 순간 더 많은 고민과 질문이 밀려올 수 있지만, '오직 질문을 통해서만 성장한다'는 쇼펜하우어의 말처럼 작가의 시각으로 계속 고민하고 의문을 가지고 질문을 던지다 보면 그걸 계기로 생각이 깊어지고, 보다 많은 이야기를 끌어낼 수 있습니다. 매일의 작은 고민이 쌓여서 거대한 직관 체계를 만든다고 합니다. 내가 지금 계획하고 노력하고 있는 것들이 모두 척척 술술 좋은 글을 빚어낼 수 있는 그날을 위해 가치 있는 것들입니다.

나를 위한 글, 그리고 나라는 작가의 독자를 위한 글

나는 글을 쓰는 사람이라는 자각을 가지고 글을 쓰면 보여주기 위한 글이나 평가받는 글에만 얽매이지 않게 됩니다. 글의 장점이자 단점이 글쓰기에는 정답이 없다는 겁니다. 다른 사람을 의식하고 남들의 기대를 충족시키기 위해 쓰는 글은 글쓰기의 즐거움과 희열을 빼앗아갑니다. 그런 글은 작위적인 글이 되고, 독자에게도 감정과잉에 거부감을 들게 할 수 있습니다.

작가인 나를 위한 글, 나라는 작가의 독자를 위한 글을 쓰셨으면 합니다. 쓰는 사람이 즐기면서 쓴 글이 더 감정에 솔직하고, 진심이 담기게 마련입니다. 멋 부린 문장보다 정직한 문장이 더 큰 감동을 줍니다. 조용하지만 강력한 힘을 가진 글은 바로 그런 글입니다.

작가라는 시점으로 내게 일어나는 일들을 바라보면 거리를 둘 수 있게 되고 무게감이 덜어지면서 그 상황과 감정에 매몰되는 걸 줄일 수 있습니다. 그리고 꼬인 문장들을 다듬어 나가면서 내 삶이나 사고의 꼬임도 풀어내는 지혜를 얻게 됩니다. 문장의 기본인 주어와 술어의 대응 관계를 명확하게 하는 연습이 내게 벌어진 사건이나 상황을 파악하고 객관적으로 판단하는 데에 도움을 줄 수 있습니다.

전체 글을 살펴보면서 일관된 하나의 관점으로 분명하게 정리해가는 훈련 역시 바른 해결책을 찾아가는 길잡이가 되어줍니다. 제일 처음에 썼던 걸 지우지 말고 계속 수정한 버전별로 다 모아두는 것도 좋습니다. 시간이 지나서 다시 보면 어떤 부분을 어떻게 고쳤는지를 통해 내 생각이나 감정의 흐름을 점검해볼 수 있습니다. 그런 과정을 통해 글쓰기 실력뿐 아니라 나의 사고도 발전시키고 마음을 다스리는 데에도 영향을 미칩니다.

그래서 위로가 필요한 시간에 자신만의 이야기를 써보라고 합니다. 친구를 만나는 것조차 감정 소모가 될 만큼 에너지가 바닥났을 때 사람을 통해서 위로를 받으려고 하면 오히려 독이 될 때가 있습니다. 반대로 더 상처받고 에너지를 더 쓰게 되는 거죠. 나에 대한 글쓰기가 나에게 가장 큰 위로를 줄 수 있습니다.

스스로 나는 작가라는 인식을 계속 간직하며 글을 쓰셨으면 좋겠습니다. 나는 글을 쓰는 사람이고, 작가는 단어를 쓰는 직업이라는 생각이 여러분을 진정한 작가로 만들어줄 수 있습니다.

짧고 쉬운 글의 힘

초판 1쇄 2024년 10월 24일 찍음
초판 1쇄 2024년 11월 7일 펴냄

지은이 | 손소영
펴낸이 | 강준우
인쇄 · 제본 | 지경사문화

펴낸곳 | 인물과사상사
출판등록 | 제17-204호 1998년 3월 11일

주소 | (04037) 서울시 마포구 양화로7길 6-16 서교제일빌딩 3층
전화 | 02-471-4439
팩스 | 02-474-1413

ISBN 978-89-5906-774-9 03800
값 17,000원